Zuvor Surfende Liebe & Surfende Liebe 2

1. Auflage 2023

Erstellt von Ben Griessler

Cover: PAGE19 -Team

PAGE19 PUBLISHING HOUSE

& STORE

Volksbankplatz 1

8230 Hartberg

page19office@gmail.com

www.page19.eu

Die Playlist:

Happy Now von Kygo

Perfect Strangers von Jonas Blue.

Making Breakfast von Twin Peaks

Closer von Chainsmokers

Lovers on the Sun von David Guetta

Levitating von Dua Lipa

Summertime Sadness von Lana Del Rey

When Will I Be Loved von Linda Ronstadt

Baila Me von Gipsy Kings

Safari von J Balvin

Glorious von Macklemore

Summer Days von Martin Garrix

Easy von Justin Starling

Toca Toca von Fly Project

Calm Down von Rema

La La Land von Bryce Vine

⏮ ⏸ ⏭

Passende Wellen

Ben Griessler

Inhaltsverzeichnis

Ein ereignisvoller Abend 11

Die Surfstunde 21

Eine unvergessliche Nacht 31

Der erste Arbeitstag 39

Eine Flamme 49

Der Bikerclub 59

One-Night-Stands 73

Das Geschäft ruft 81

Gewissensbisse 91

Gemischte Gefühle 107

Das Leben geht weiter 117

Camilla 125

Die Qualifikation 137

Der Roadtrip beginnt 149

Das Ferienhaus 163

Regnerischer Nachmittag 173

Der Angriff 185

Der Handel 195

Das Date 205

Die Vorrunden 211

Ein ereignisvoller Abend

„Yo, Benno, wetten wir doch, wenn du die krasse Welle da hinten packst, dann gebe ich heute einen aus!“

„Deal! Safe ohne Wipe Out!“ Rief Benno seinem Freund Taj zu. Benno surfte schon einige Riesenwellen, jedoch birgt jede ein neues Risiko und einen riesigen Adrenalinschub, wenn man die Welle surft.

Benno legte sich auf sein Surfbrett und paddelte rasch zu einer schnell nähernden Welle. Mit einem gekonnten Sprung stand er genau in der richtigen Sekunde auf der Riesenwelle. Er vollführte einige Turns und ließ sich dann gemütlich und mit einem Shakagruß an Land schieben. Aus seinen braunen Locken tropfte frisches Meereswasser, er schüttelte sie leicht ab, bevor er sein Board schnappte und zu Taj ging.

„Respekt, Bro! Echt Nice!“ Taj klopfte den jungen Halbhawaiianer auf die Schulter und zupfte ihm ein Algenblatt vom Rücken.

Benno wickelte seine Leash auf und ging mit seinem besten Freund zum Wagen. Er hatte selbst nur eine Brixton, eine BX500 in Silber. Wenn die Freunde jedoch zum Strand fuhren, nahmen sie meist den grauen Suzuki von Taj. Nachdem sie ihre Boardbags im Geländewagen verstaut hatten, gingen die jungen Surfer auch schon zur chilligsten Bar in ganz Kalifornien.

Die *Landlord-Bar* hatte rund um die Uhr geöffnet und war in der Gegend sowohl bei Surfer als auch bei weiblichen Fitnessmodels beliebt. Die chillige Musik und das Geräusch der brechenden Wellen im Hintergrund erzeugten ein typisch tropisches Flair. Benno und Taj waren so gut wie jeden Tag dort, so eine Art zweites Zuhause. Taj hatte nie ein Problem, mit Frauen ins Gespräch zu kommen, mit seinem Auftreten und den schwarzen Haaren in Kombination mit den smaragdgrünen Augen hatte er bei jedem weiblichen Model leichtes Spiel. Dies galt jedoch nicht für Benno, er hatte nie wirklich Freunde bis auf Taj. Er war schon immer schüchtern und hatte enorme Probleme mit anderen Menschen ein einfaches Gespräch zu beginnen. Also schaute er jeden Abend den anderen Surfern zu, wie sie haufenweise Girls verführten. Zum derzeitigen Zeitpunkt wollte der junge Surfer nur eines, endlich die Frau fürs Leben zu finden.

„Aloha, krass wie du eben die Monsterwelle gesurft bist. Übrigens, ich bin Kyra!“ Benno realisierte zunächst gar nicht, dass das braunhaarige Mädchen, das neben ihm stand, mit ihm redete und nicht mit dem Bodybuilder hinter ihm. Sie streckte ihm die Hand entgegen und stellte sich vor. „Kyra White, nett dich kennenzulernen!“

Benno musterte leicht verwirrt die junge Dame, ihre braunen Haare ragten ihr bis zur Hüfte und schmiegten sich fast perfekt an ihrem wohlbetonten Körper, doch was Benno die meiste Aufmerksamkeit raubte, war nicht ihre Figur, sondern ihre Augen. Diese waren fast honigfarben trotz des gedämpften Lichtes *„ungewöhnlich"* dachte er sich und nahm ihre Hand.

„Das eben ...? Ehm, das war doch ein Kinderspiel. Ich heiße Benno!" Nach einer kurzen Stille, in der Benno verzweifelt versuchte, einen weiteren Satz rauszuwürgen, jedoch sprach Kyra schon weiter.

„Ich bin neu hier, treffen wir uns doch am Abend wieder hier. Ich muss jetzt leider weiter zu einem Fotoshooting."

„Gern, sagen wir doch so gegen acht?"

„Passt, bis später!", sagte Kyra und winkte ihm, Benno verabschiedete sich und ging zu Taj und erzählte ihm von seiner neuen Bekanntschaft. Nachdem er die Story kurz schilderte, dachte Taj kurz nach und sagte:

„Das hört sich ja spitze an, was hast du denn jetzt vor?"

„Keine Ahnung Bro, ich will es langsam angehen, immerhin will ich sie ja nicht gleich verjagen."

„Warte aber nicht zu lange, hier dein verdientes Bier!" Taj reichte ihm ein bereits geöffnetes Corona und stieß mit ihm auf eine legendäre Nacht an. Den restlichen Tag konnte Benno kaum zur Ruhe kommen.

„Was, wenn sie gar nicht auftaucht? Was wenn ich sie irgendwie verjage? Wie kann ich mich nur mit ihr unterhalten und über was?“ All diese Fragen gingen den jungen Surfer nicht mehr aus dem Kopf. Andauernd richtete er seine schulterlangen lockigen Haare und überlegte sich diverse Gesprächsthemen. Als er das letzte Mal zu aufdringlich war, meldete sich sein Date nie wieder. So etwas hinterlässt Narben gleich beim ersten Date so etwas. Benno wusste aber: *„Ich muss was ändern, es könne ja schließlich nicht ewig so weiter gehen!“*

Es waren nur noch wenige Stunden, bis die Sonne unterging. Benno hatte vor langer Zeit einmal etwas von einem Dating-Coach im Internet gehört. Auf einer Videoplattform lud dieser Coach regelmäßig Videos zum Thema Dating, Frauenerfolg und Selbstfindung hoch.

„Yo Benno, genieß doch den Sonnenuntergang, was schaust du ins Handy?“ Wollte Taj wissen. Benno erzählte ihm vom Dating-Coach und hoffte insgeheim noch einen letzten Rat von Taj zu bekommen.

„Was soll ich jetzt tun? Wie soll ich sie überhaupt begrüßen?“ Taj lachte kurz und sagte zu ihm:

„Mit einem Knicks und einem Handkuss natürlich. Ne Spaß, eine einfache Umarmung tut es auch". Anschließend wünschte Taj seinen Freund alles Gute und verschwand im hinteren Bereich der Bar. Taj arbeitete dort seit gut einem Jahr als Barkeeper und kam so noch leichter mit den Frauen ins Gespräch.

Kurz bevor Kyra auftauchen sollte, zupfte sich Benno noch sein hellblaues Hemd, dieses Mal kein Hawaiihemd zurecht und strich seine verwuschelten Haare glatt. Nervös schaute er auf seine Armbanduhr.

Nach zehn weiteren Minuten vergeblichen Wartens, gerade als der junge Surfer wieder nach Hause gehen wollte, erblickte er schon die völlig außer Puste nähernden Kyra.

„Sorry für die Verspätung ... bei meinem Fahrradreifen war die Luft raus, also musste ich hierherlaufen."

„Kein Ding, immerhin bist du ja jetzt da, was willst du denn trinken?"

„Nichts Besonderes, bestell mir bitte ein Corona." Er nickte und bestellte zwei Corona beim Barkeeper, dann suchte er rasch eine freie Sitzecke und ging mit Kyra zu einem weißen Stoffsofa mit dunkelbraunem Flechtgestell.

„Surfst du auch?" Wollte Benno wissen.

„Würde ich gern, eigentlich bin ich aus London hierhergezogen, da ist es eher regnerisch und kalt, surfen steht leider auch nicht auf der Tagesordnung."

„Oh ... Kennst du denn jemanden in Kalifornien?“ Fragte Benno. Kyra verneinte und trank einen Schluck vom Bier.

„Oh doch, ganz vergessen, mein Onkel wohnt auch in L.A..

„Und du arbeitest hier in Los Angeles als Model?“

„Nope, wie kommst du drauf?“

„Oh dachte nur, weil du vorhin Fotoshooting gesagt hast.“

„Yup, da war ich auch eben nur nicht als Model, sondern als Fotografin. In England habe ich eine professionelle Ausbildung zur Fotografin absolviert und versuche jetzt in L.A. davon zu leben.“

„Interessant ...“, meinte Benno und rutschte so gut es ging, ein Stückchen näher an Kyra heran. Unbeirrt dessen redete Kyra weiter. Nach einer Weile war Benno wieder am Wort und erzählte von seinem Job.

„Zurzeit arbeite ich in einer Fischbude in der Nähe vom Hafen. Jedoch macht mir das Ganze keinen Spaß. Die Leute, die da essen gehen, sind meistens schlecht gelaunt und geben nie Trinkgeld. Ich mein ein Lächeln bringt doch keinen um, oder?“

Kyra nickte und setzte ein überzeichnetes Lächeln auf. Nun musste auch Benno grinsen. Der junge Surfer schaute Kyra tief in ihre magisch anziehenden Augen und lehnte sich vorsichtig vor. Er nahm all seinen Mut zusammen und küsste sie zärtlich.

„Oh mein Gott ... warte, warte, warte!"

„Was ist?" Hackte Benno nach.

„Ich habe wohl vergessen dir zu sagen, dass ich einen Freund habe, er studiert noch in London."

„Ups, das wusste ich nicht, sorry, sonst hätte ich ja niemals!"

„Eigentlich such ich nur neue Freunde hier in Los Angeles, ich hoffe du verstehst das."

„Klar, ich mein dagegen habe ich ja auch nichts, außer Taj habe ich eh keine richtigen Freunde."

„Das heißt wir werden Freunde?", fragte Kyra. Benno dachte kurz nach und umarmte Kyra und nickte.

„Auf neue Freunde!", die beiden erhoben ihr Bier und stießen an. Taj beobachtete den missglückten Kussversuch und die Umarmung. Der Barkeeper wartete einen Moment und ging dann zu seinem Freund und Kyra.

„Darf ich euch noch was bringen?"

„Taj! Gut, dass du da bist, Taj das ist Kyra. Kyra, das ist mein Freund Taj!"

„Sehr erfreut." Sagte Kyra und umarmte den Barkeeper. Taj nahm sich einen Stuhl vom Nebentisch und setzte sich zu den beiden dazu. Kyra erzählte nochmals ihre Story und schloss auch Taj sofort in ihr Herz.

„Und du surfst auch?"

„Ja, schon seit meiner Kindheit."

„Nice, könntet ihr mir das vielleicht morgen beibringen?“ Gleichzeitig riefen die beiden Jungs:

„Klar!“

Sie beschlossen, sich am nächsten Morgen in der Früh unten am Strand zu treffen, jedoch eben erst morgen, also holte Taj ein gekühlte Flasche Wodka mit Orangensaft. Er goss jeden einen Drink ins Glas und gab den DJ die Anweisung nun etwas Peppiges aufzulegen. Der DJ ging den Wunsch seines Kollegen und Freundes nach und spielte in der nächsten Minute etwas von Martin Garrix.

Die restlichen Gäste befürworteten den feierlichen Aufschwung und einige Teenager begannen auf der Terrasse zu tanzen. Von der hervorragenden Stimmung mitgerissen, gingen auch die drei neuen Freunde auf die Tanzfläche und begannen zu shuffeln. Durch das viele getanze wurden die drei durstig und begannen einen Drink nach dem anderen zu leeren. Das Salz vom Tequila war hierbei nicht gerade förderlich. Für die Bar allerdings war das spontane Partyevent enorm gewinnbringend.

Nach gut einer Stunde waren sie zu erschöpft, um noch zu einem weiteren Song von Avicii oder Kygo zu tanzen und gingen zu einem nahen gelegenen Pier. Dort setzten sie sich auf die Kante und ließen ihre Beine baumeln. Im Hintergrund hörten sie die dumpfe Musik der Party.

Benno mit seinen eins dreiundneunzig saß in der Mitte, Taj und Kyra lehnten freundschaftlich ihren Kopf an seine Schulter und genossen zunächst das Brechen der Wellen. Nach einiger Zeit erkannten sie langsam die aufgehende Sonne am Horizont. Immer noch alkoholisiert blickte Benno verdutzt auf seine Uhr und stellte fest, dass in zwei Minuten seine Schicht in der Fischbude begann.

„Das schaff ich nie, und mit dem Bike kann ich auch nicht fahren.“ Er setzte sich rasch auf, zog sich seine schwarzen Vans an und spurtete über den Strand in Richtung des Hafens. Nach einem rekordverdächtigen Sprint kam er fast eine Viertelstunde später beim Restaurant völlig außer Puste an. Dort wartete schon ungeduldig sein Chef.

„Du kannst gleich wieder umdrehen, so ein Verhalten dulde ich hier nicht!“

„Sorry, es wird safe nicht mehr vorkommen!“

„Ja das stimmt, du bist gefeuert, ciao!“

Betrübt und niedergeschlagen drehte sich Benno um und ging wieder zur *Landlord-Bar*. Mittlerweile ist die Sonne schon fast komplett aufgegangen und erwärmte den Sand. Taj und Kyra hatten sich in der Zwischenzeit bereit für die Surfstunde gemacht. Taj holte das Ersatzboard vom Wagen und fing an, Kyra die Basics zu erklären.

Die Surfstunde

Beim Surfspot angekommen, erblickte er zuerst Kyra. Diese schaute ihm verwundert an.

„Musst du nicht arbeiten?“ Benno blieb einige Meter entfernt und schüttelte den Kopf.

„Nö ... Wurde gefeuert!“ Empathisch wie Kyra war, umarmte sie ihm sofort, nun erkannte auch Taj den Ernst der Lage und tröstete seinen Freund.

Taj war nicht sehr sentimental oder sensibel, jedoch wusste er, was er selbst in dieser gerne Situation haben würde. Also ging er zum Geländewagen und holte drei Coronaflaschen aus einer Kühltasche. Mit einer lässigen Bewegung öffnete er jedes Bier nacheinander mit dem Haken der Seilwinde. Kyra und Benno nahmen das kühle Getränk dankend entgegen.

„Was wirst du jetzt tun?“ Fragte Taj.

„Weiß ich noch nicht, hoffentlich find ich schnell einen neuen Job, sonst muss ich das Strandhaus verkaufen.“

„Du hast ein Haus?“ Wollte Kyra wissen.

„Yeah, wurde mir von meinen Eltern vererbt, dennoch muss ich monatlich Essen und Strom bezahlen.“

Kyra dachte kurz nach, gefolgt von einem Geistesblitz zückte sie ihr Handy aus ihrem Billabong-Hoodie und tippte eine Nummer ein. Währenddessen die Verbindung aufgebaut wurde, entfernte sie sich langsam, sodass die anderen nichts vom Telefonat mithören konnten. Nach einigen Minuten kam sie wieder zu den Jungs zurück.

„Also ich hätte da einen Job für dich, jedoch musst du davor noch etwas machen."

„Okay, was muss ich denn tun?"

„Nichts besonders, wir surfen jetzt einige Wellen und dann fahren wir zu meiner einzigen Bekanntschaft in Kalifornien, meinem Onkel Gustav, jedoch will er lieber G-Dawg genannt werden."

„Spitze, worauf warten wir also, lass uns surfen!"

In der Zwischenzeit montierte Taj bereits die Finnen und die Leash auf dem Ersatzboard. Die drei legten ihre Boards nebeneinander auf den Sand und gingen synchron die Grundlagen und einige Balanceübungen durch. Sobald die beiden jungen Surfer das Gefühl hatten, dass Kyra die Basics halbwegs beherrschte, wurde es ernst.

Die Freunde zogen sich ihre Wetsuits an und gingen ins Meer. Die knöchelhohen Wellen gaben schon ein ungefähres Gefühl, wie kalt dieser Surfausflug werden würde. Die Wellen waren um einiges niedriger als am Vortag, jedoch ging um einiges mehr Wind, was dazu führte, dass die Wellen rauer und unberechenbarer wurden. Nachdem sie ein wenig in den Ozean gegangen waren, legten die Surfer sich aufs Surfbrett und begannen zu paddeln. So schnell konnte Kyra gar nicht schauen, da stand Taj schon am Board und surfte auf einer Welle wieder zum Strand.

„So die Nächste gehört dir!" Rief Benno ihr zu. Die junge Engländerin nickte und atmete tief ein, ehe sie nach einer geeigneten Welle Ausschau hielt.

Einen Moment später erblickte sie auch schon eine scheinbar geeignete Welle. Kyra paddelte hin und machte sich bereit. Als die Welle unter ihr war, sprang Kyra schnell aufs Brett und surfte einige Meter mit, ehe sie wegen ein plötzlichen Turnmanöver vom Board ins Wasser flog. Da Kyra nicht sofort zu sehen war, schwamm Benno rasant zu ihr hin und wollte ihr helfen. Doch noch bevor er zur Unglücksstelle ankam, tauchte sie schon putzmunter auf.

„Kyra, gehts dir eh gut?"

„Ja, nichts passiert!", antwortete die nun getaufte Surferin.

Nun kam auch schon die nächste Welle groß genug, um von beiden gesurft zu werden. Die zwei erkannten die Welle zeitgleich und so konnten sie sich rechtzeitig bereit machen. So schnell konnte Kyra gar nicht denken, da stand sie schon reflexartig auf der Welle. Nun musste sie nur noch das Gleichgewicht halten. Mit einigen Metern Abstand bewegte sich Benno neben Kyra auf der großen Welle. Langsam schrumpfte die Welle wieder, jedoch näherten sie sich dem Strand immer schneller. Am Strand wartete bereits Taj und schaute den beiden zu. Taj surfte gut und gerne, doch er wollte mehr, er träumte seit Jahren schon davon, bei der Surfweltmeisterschaft mitzumachen. Jedoch hatte er bis dato noch keine Gelegenheit, sein Können zu beweisen. Am Strand angekommen nahmen Benno und Kyra ihr Board unter den Arm und gingen zu ihren Freund Taj.

„Yo, jetzt bist du dran, auf gehts fahren wir zu G-Dawg!“, sagte Benno zu Kyra, währenddessen er die Leash und den Wetsuit auszog.

„Genau, am Abend surfen wir aber schon noch mal, oder?“ Taj und Benno schauten sich kurz an und meinten:

„Da kann jemand nicht genug bekommen, aber safe!“ Da der Suzuki von Taj nur Platz für zwei Personen hatte, musste einer zurückbleiben.

„Ich muss eh gleich arbeiten, fahrt ruhig ohne mich.“ Meinte Taj und warf Benno die Autoschlüssel zu. Benno bedankte sich und machte für Kyra die Beifahrertür auf, der Halbhawaiianer wollte so häufig es ging, ein wahrer Gentleman sein.

Sowie die junge Frau eingestiegen war, schloss er die Tür sanft und ging zur Fahrerseite, dann startete er den Motor und winkte seinen Freund zum Abschied. Nachdem sie kurz auf der Straße fuhren, bog Benno in eine unbefestigte Straße außerhalb der Stadt ein und wirbelte hinter sich eine kleine Staubschicht auf. Nach dem etwa zweihundert Meter langen Weg blieben sie vor einem großen silbernen Eisentor stehen. Es dauerte einen kurzen Moment, ehe ein gelbes Licht zu blinken begann und das Tor sich in Bewegung setzte. Benno rollte danach langsam auf den Hof und folgte den Anweisungen von Kyra, welche ihm zum Büro dirigierte.

Vor der blau-weißen Bürotür stand bereits G-Dawg und rauchte einen Joint. Jedoch dämpfte er ihm sofort aus als er Kyra sah und steckte sich den Joint in die Hosentasche.

„Kyra, wie haben uns ja ewig nicht mehr gesehen!"

„Yup, fast zwei Wochen, ich habe da wem für dich mitgebracht." Sagte Kyra und schritt zur Seite, sodass sich Benno persönlich vorstellen konnte.

G-Dawg und Benno verstanden sich auf Anhieb. Kyras Onkel machte ihr einen Kaffee, bevor er Benno den Hof und die Maschinen zeigte. Nach einem lustigen Bewerbungsgespräch wurde es ernst. G-Dawg setzte sich mit Benno auf ein kleines Holzpaket und redete jetzt Tacheles.

„Willst du denn hier arbeiten?" Fragte der Firmenchef. Nach einem kurzen Moment der Stille antwortete Benno leise.

„Ja gern, also wenn das für dich passt, ich werde auch fleißig sein und niemals zu spät kommen."

„Perfekt, dann soll es so sein. Wenn du aber mal verkatert vom Vortag sein solltest, ruf einfach an, immerhin war ich ja auch mal jung“, sagte G-Dawg und zwinkerte den jungen Surfer zu. Nun gesellte sich auch Kyra wieder zu den Männern auf die provisorische Couch und feierte mit ihnen den neuen Job.

„G-Dawg, sag, wann kann ich eigentlich anfangen?“

„Fang doch gleich morgen an, jedoch würde ich sagen, wir gehen vorher noch in eure Stammbar!“ Benno und Kyra mussten sofort grinsen.

„Ich muss hier noch was erledigen, treffen wir uns doch nachher am Strand! Benno, zeig meiner Nichte doch ein wenig die Stadt.“ Der Surfer nickte mit einem zufriedenen Lächeln und verabschiedete sich vorerst von G-Dawg.

„Bevor ich dir die Stadt zeig, muss ich mich noch umziehen. Und das Beste kommt noch, du lernst endlich Josi kennen.“

„Josi? Na, da bin ich mal gespannt!“, meinte Kyra neugierig.

Kurze Zeit später kamen sie auch schon bei Bennos Strandhaus an. Das Haus wurde fast ausschließlich nur mit Holz gebaut. Damit man vor eventuellen

Unwetterkatastrophen geschützt war, befand sich der eigentliche Wohnbereich auf Stelzen und war nur mit einer Holzstiege zu erreichen. Benno parkte den Suzuki von Taj neben seinem Motorrad unter dem Strandhaus.

„Komm, aber du darfst dich nicht erschrecken." Vorsichtig ging sie hinter Benno die Stiegen rauf. Noch bevor er die Glastüre komplett aufschließen konnte, erschien auch schon Josi.

Josi war ein weißer Retrievermischling mit einem schwarzen Fleck auf dem linken Auge. Ihr Fell war durch den ganzen Sand und dem Salzwasser nicht gerade das flauschigste. Doch ihrer zutraulichen Art konnte keiner lange standhalten. Während sich Benno umzog, streichelte Kyra den liebenswerten Hund. Ein paar Minuten später kam der Halbhawaiianer mit zwei Helmen zurück.

„Auf gehts, wenn wir es noch vor Sonnenuntergang schaffen wollen, müssen wir uns sputen!"

Die Engländerin streichelte Josi zum Abschluss noch einmal und ging dann zur Brixton. Sie setzte sich hinter Benno hin und legte ihre Arme um seinen Körper. Die beiden verließen die Küstengegend und fuhren auf einem Highway in die Stadt hinein.

Nachdem sie gute zwei Stunden durch Los Angeles cruisten, beschloss Benno noch Kyra etwas ganz Besonderes zu zeigen. Den atemberaubenden Sonnenuntergang von einer

Aussichtsplattform in den Hills. Nach einer kurzen Fahrt in den Hills kamen die beiden gerade rechtzeitig an. Der junge Surfer stellte die Maschine ab und ging mit Kyra zur Absturzsicherung und setzte sich dort mit ihr hin. Schulter an Schulter genossen sie den unbezahlbaren Augenblick. Kyra drehte sich kurz und schaute Benno von der Seite an, dabei verspürte sie eine leichte Wärme. Doch als Benno auch begann, sich zu ihr zu drehen, reagierte Kyra schnell und schaute sich wieder den Sonnenuntergang an.

„Es wird schon gleich dunkel, wir sollten uns auf den Weg zur Bar machen!“ Meinte Benno.

Kyra schwieg noch einen Moment, ehe sie aufstand und sich bei Benno für den Ausflug bedankte. Beide konnten den angenehm kühlen Wind, welcher durch ihre Haare glitt, spüren und genossen die letzten Sonnenstrahlen auf dem Weg zur Bar.

„Und, du bist dir ganz sicher, dass du einen Freund hast?“, sagte Benno spaßhalber zu Kyra. Diese musste sofort lachen.

„Ja bin ich, heißt aber nicht, dass wir keine schöne Freundschaft haben können!“ Am Strandparkplatz angekommen, bedankte sich der junge Surfer nochmals für den Job, und bot ihr an, ein Getränk auszugeben.

„Wenn ich nicht wüsste, dass du sowieso fast alle Getränke dort kostenlos bekommst, wäre ich ja fast geschmeichelt.“, meinte Kyra und zwinkerte ihm zu.

„Erwischt!“ Entgegnete Benno, während er ihr die Tür zur Bar aufhielt.

Eine unvergessliche Nacht

Hinter dem Tresen mixte Taj gerade einen *Mai Tai*, und servierte den Cocktail anschließend einer hübschen Brünetten. Kyra und Benno setzten sich neben der Brünetten und bestellten je einen *Blue Lagoon.* Benno drehte seinen Kopf kurz zur brünetten Schönheit um, diese entgegnete ihm mit einem sympathischen Lächeln. Der Halbhawaiianer räusperte sich kurz und sagte zu ihr:

„Ich glaub, wir kennen uns noch nicht, hey, ich bin Benno!“ Sichtlich beeindruckt antwortete die Brünette:

„Oh, nein noch nicht, ich heiße Michelle, mir gefallen deine Haare!“ Seine Wangen röteten sich leicht. Dieser versuchte jedoch, sich nichts anmerken zu lassen und nahm einen ausgedehnten Schluck von seinem Drink.

„Was treibt dich denn ganz allein zu einer Strandbar außerhalb der üblichen Touristengegend?“

„Das ist einfach zu beantworten. Ich wohne schon immer in L.A., jedoch bin ich erst seit Kurzem einundzwanzig und darf daher auch Alkohol trinken, außerdem wollte ich mal ganz für mich sein, mein Freund hat nämlich gestern erst Schluss gemacht.“

„Also betrinkst du dich jetzt ganz allein?“

„Bis eben ja, nun hoffe ich aber mit dir und deinen Freunden mitzufeiern. Was feiert ihr?“ Nun kam auch Kyra wieder zu Wort, leicht eifersüchtig konterte sie:

„Unser Freund Benno hier hat soeben einen neuen Job bekommen!“ Sichtlich begeistert hob Michelle ihr Cocktailglas und stieß mit den anderen drei auf eine legendäre Nacht an.

Nachdem die jungen Erwachsenen die erste Runde getrunken hatten, kam auch G-Dawg dazu. Der Unternehmer und Skater zahlte großzügig die nächste Runde. Nachdem Benno noch ein paar wichtige berufliche Sachen geklärt hatte, konnte er sich wieder Michelle widmen.

„Lust ein wenig am Strand spazieren zu gehen?“, fragte er sie vorsichtig.

„Logisch, ich trink nur eben noch meinen Cocktail aus. Die Eiswürfel sind eh schon geschmolzen!“

Die beiden gingen die Stufen zum Strand hinunter und zogen sich ihre Schuhe aus. Behutsam streifte Benno die Hand von Michelle. Die junge Frau erkannte sofort die Gelegenheit und griff nach seiner Hand. Sie gingen noch ein paar Meter händchenhaltend, ehe sie vor den brechenden Wellen stehen blieben. Beide genossen für eine gute Minute das Rauschen der Wellen und die dumpfen Schreie der Möwen.

Benno ging in Gedanken seinen letzten Kussversuch durch und zögerte zunächst, es ein weiteres Mal zu versuchen und wieder zurückgewiesen zu werden. Im nächsten Augenblick fiel ihm ein, was er zuvor vom Dating-Coach gelernt hatte. Wenn er es nicht probiert, wird er es nachher bereuen, sie nicht geküsst zu haben, und so die Gelegenheit, seine Traumfrau letztendlich zu finden, vergeigen.

Er atmete noch einmal tief durch, ehe er Michelle ansah. Er hob ihr Kinn, sodass sie sich in die Augen schauen konnten. Sie ließ sofort ihre Vans in den Sand fallen und drückte mit ihren Händen sein Gesicht zu ihrem, um den Kuss zu vertiefen. Benno unterbrach den Kuss kurz, um sie nochmals anzuschauen, ehe es weiterging, diesmal noch hitziger und fordernder. Michelle ließ sich nichts entgehen und schlüpfte ihre Hände unter Bennos Hemd und begann sein Körper zu erkunden. Sie fing an, die Knöpfe langsam zu öffnen und hinterließ leichte Küsse auf seiner Haut. Nachdem sie fertig war, zog Benno es sich ganz aus und widmete sich wieder der jungen Frau.

Aus übereilter Lust verlor Benno das Gleichgewicht und stolperte samt Michelle in den Sand. Unbehelligt küssten sie sich dort weiter. Schließlich zog sich auch Michelle ihre schwarze Weste aus. Daraufhin streifte Benno ihr das Shirt über den Kopf und bewunderte ihren Körper. Nach einigen weiteren Zungenküssen und zärtlichen Berührungen dauerte es nicht lange, bis Benno den Bikini von Michelle öffnete. Von ihrer Lust getrieben, liebkosten sie jeweils den Körper des anderen. Taktvoll streiften sie ihre Hosen ab und begannen das Liebesspiel auf der nächsten Ebene fortzusetzen. Ihre Atmung wurde immer schneller und heftiger, beide waren in einer Wolke eingehüllt, in welcher sie sich vollkommen auf die eigenen Begierden und die des Partners konzentrieren konnten. Nach einiger Zeit lagen beide erschöpft, verschwitzt und befriedigt nebeneinander im kühlen Sand.

„Einfach unglaublich!“ Keuchte Michelle.

„Danke schön, immer wieder gern!“, sagte Benno und neigte seinen Kopf zu ihr in der Hoffnung, einen Kuss zu bekommen. Michelle entgegnete ihm jedoch völlig anders als erhofft.

„Ich mein doch nicht dich, ... sondern die klare Sicht auf die Sterne.“ Einen kurzen fassungslosen Moment genoss die brünette Schönheit, die peinliche Stille, ehe sie fortfuhr. „Ne Spaß, natürlich mein ich das eben genau das, was ich brauchte. Der junge Surfer musste kurz lächeln, drehte sich erneut um und küsste Michelle zärtlich auf ihren Mund.

Nach der zum Zungenkuss geführten Liebeserklärung nahm Benno sie unter seinen trainierten Arm und umfasste ihre andere Hand. Michelle erkannte, dass Benno sich mehr von diesem Liebesspiel erhoffte als sie, denn für sie war es nur eine einmalige Sache, also beschloss sie es kurz und schmerzlos zu machen also löste ihre Hand von Bennos und richtete sich auf, sichtlich irritiert setzte er sich ebenfalls auf.

„Was ist los?“

„Okay, also das ist nicht leicht für mich, aber ich denke du erwartest dir mehr, und im Moment such ich halt nicht nach so etwas hoffe du verstehst das.“ Benno schluckte hinunter und stammelte ein paar unverständliche Wörter hinaus, er räusperte sich und sagte zu ihr von einer gewissen Enttäuschung geprägt.

„Ehm, ja, also das versteh ich jetzt nicht so ganz ... aber ist schon gut.“ Er atmete tief und laut durch, zog sich seine Klamotten wieder an und ging mit seinen Vans noch ein wenig im feuchten Sand spazieren.

Michelle nutzte die Gelegenheit und zog sich ebenfalls an. Sie wollte ihm es nicht unnötig schwer machen, wenn er nachher wieder zurückkommen sollte, also ging sie zur Promenade und ging zu ihrem roten Fiat-Cabrio und fuhr weg.

Eine gute halbe Stunde ging Benno den Strand entlang und dachte über die Liebe und über sein Leben nach. Da er aber keine zufriedenstellende Antwort bekam, ging er wieder zur Bar, wo bereits seine Freunde auf ihm warteten. Ungeduldig wollten sie von ihm wissen, was am Strand lief und wo die hübsche Brünette hin sei. Noch bevor er auch nur ein Wort sagte, griff er hinter die Theke, öffnete ein Bier und trank erst mal die Hälfte davon in einem Zug.

„Was hast du da unten denn mit ihr getrieben, du kleiner Strolch?“ Wollte Taj wissen.

„Also eigentlich will ich nicht darüber reden, aber was solls. Sie wollte von Anfang an was Einmaliges. Unfassbar, dass sie mich für ihre Bedürfnisse ausgenutzt hat!“ Kyra stellte ihr Cocktailglas ab und umarmte Benno fest.

„Du Armer, aber so etwas passiert, wir trinken jetzt ordentlich und morgen hast du es sowieso vergessen.“

„Ich weiß nicht, warum gebe ich mir überhaupt noch Mühe, das Ganze hat sowieso keinen Sinn, am besten wäre es, ich trink jetzt bis zum Umfallen!“ Der junge Surfer hatte ganz vergessen, dass sein Chef auch anwesend war, und so konnte er sich seine erste von vielen Lebensweisheiten anhören.

„Ich weiß, wies dir geht, aber glaub mir. Du musst einfach dranbleiben und nie aufgeben. Genau wie beim Surfen, wenn du einmal ins Wasser fliegst, gibst du ja auch nicht gleich auf. Außerdem brauch ich dich morgen in der Firma!“ G-Dawg klopfte ihm auf die Schulter und bestellte vier Shots.

Dem Halbhawaiianer ging es gleich viel besser. Jeder schnappte sich ein Shotglas, und trank dieses auf ex. Während Taj Kyra zum Tanzen aufforderte, blieben G-Dawg und Benno noch auf den roten Barhockern sitzen und plauderten.

„Also Benno, wir verkaufen ja Holz, das heißt wir haben mit Bauarbeitern und knallharten Geschäftsmännern zu tun. Regel Nummer eins ist also, du brauchst ein dickes Fell und Eier aus Stahl.“

„Verstanden, gibts noch etwas, was ich wissen sollte?" G-Dawg dachte kurz nach und antwortete darauf.

„Den Rest lernst du eh mit der Zeit, jetzt aber genug davon, ... lass uns feiern!"

Der erste Arbeitstag

Am nächsten Morgen wurde der junge Surfer, wie jeden Morgen von der feuchten Zunge von Josi geweckt. Halb verkatert setzte er sich auf seine Bettkante und riskierte einen Blick auf seine Armbanduhr. Zu seinem Glück weckte ihm die Hündin rechtzeitig auf, so blieb ihm genug Zeit zu duschen, frühstücken und in die Arbeit zu fahren. Nachdem er sein Rührei gegessen hatte, verabschiedete er sich von Josi und ging die Holztreppen hinunter zu seiner Brixton.

In einer Großstadt wie Los Angeles war so ein zweirädriges Gefährt aufgrund der Rushhour nur von Vorteil. So konnte er sich gemütlich zwischen den stehenden Autos vorbeischlängeln. Kurze Zeit später fuhr er auch schon in den Hof seiner neuen Arbeitsstelle hinein. Vor der Eingangstüre standen schon G-Dawg und ein anderer Mitarbeiter mit einer Tasse Kaffee und einer Zigarette in den Händen und redeten über die heutigen Kommissionsaufträge.

Benno stellte sein Motorrad neben den dunkelgrünen Geländewagen von G-Dawg. Danach ging er zu seinen Arbeitskollegen und stellte sich erst mal vor. Freundlich schüttelten sie sich die Hände und er zeigte Benno die Kaffeemaschine und die Garderobe. Nach einer ausführlichen Einweisung über die Sicherheitsbestimmungen ging es auch schon ans fröhliche Schaffen.

Es dauerte nicht lang, da kam auch schon der erste Pickup in den Hof gefahren. Der von der ständigen Sonne gebräunte Bauarbeiter mit mexikanischer Abstammung bestellte bei G-Dawg ein Dutzend zehn Zentimeter breite Kanthölzer mit fünf Meter Länge. Der Jungunternehmer schrieb den Kommissionszettel und übergab ihm Benno. Nach einem kurzen Blick auf das Stück Papier setzte er sich zu Efraim auf den Stapler. Leicht gehässig fragte dieser den neuen Kollegen, ob er den wisse, wo sich das offene Paket mit dem Kantholz befand. Benno dachte kurz nach und antwortete dann.

„Ich schätze unter dem Flugdach mit der Nummer zwei oder?“ Sichtlich beeindruckt stimmte der erfahrene Staplerfahrer den jungen Surfer zu und fuhr mit ihm über den staubigen Schotterplatz zum Flugdach.

Nach fast neun Stunden harter und schweißtreibender Arbeit fuhr Benno schon ganz allein den Gabelstapler in die Garage und stellte ihm dort ab. Gemeinsam schoben die zwei das große silberne Tor zu und gingen zu G-Dawg ins Büro. Dort gingen sie zuerst mal zum Kühlschrank und holten sich je ein Bier raus, um den erfolgreichen ersten Arbeitstag ehrwürdig zu feiern.

„Und? Wie hat es dir heut gefallen? Ich hoffe, du konntest was mitnehmen."

„Auf jeden Fall war ein krasser und aufregender Arbeitstag, gerne morgen wieder!", sagte Benno in die Runde und trank von seinem Bier.

„Freut mich, hier ein kleines Willkommensgeschenk.", meinte der Unternehmer und holte ein schwarzes, mit Firmenlogo bedrucktes Shirt hervor und warf es ihm zu.

„Nice, leider muss ich jetzt schon verschwinden, ich treffe mich noch mit Kyra und Taj am Strand zum Surfen!" G-Dawg nickte und verabschiedete sich von Benno mit einem lokalen Skaterhandschlag, Efraim tat es ihm gleich.

Er setzte sich seinen Motorradhelm auf, sprang auf seine Maschine und verließ winkend den Hof.

Genau wie am Morgen schlängelte sich der junge Surfer durch den Abendverkehr zur Küste. Vor seinem kleinen Strandhaus stand bereits der Suzuki von Taj. Da Taj öfters Streitereien zu Hause hatte, bot Benno ihm vor einigen Monaten die Möglichkeit jederzeit vorbeizukommen, den Hausschlüssel nahm er gerne an. In letzter Zeit häuften sich die Übernachtungen des neunzehnjährigen Taj, solange er ihm Haushalt mithalf, harmonierte die provisorische Wohngemeinschaft.

Benno ging die Treppen hinauf und erblickte sofort Josi, welche bereits hinter der Glasfront Freudensprünge vollführte. Benno streichelte sie ganz fest und gab ihr ein Stück Käse von seinem Mittagessen. Woraufhin er Taj und Kyra begrüßte, welche es sich bereits auf der Couch gemütlich machten und einen Film über Meeresschildkröten ansahen.

„Na Bro, wie war dein erster Arbeitstag?" Wollte Taj wissen.

„Zu krass! Am besten gefällt mir, dass ich den Fischgestank der Fischbude nicht mehr riechen muss.", stellte Benno fest. Zufrieden blieb sein Blick bei Kyra hängen und die beiden grinsten sich einige Sekunden lang an. Ehe sie von Josis Gebell unterbrochen wurden.

„Worauf warten wir? Los Benno, schnapp dir dein Board und wir hauen uns in die Wellen!" Rief Taj freudig und sprang dabei vom Sofa auf.

Die drei Freunde verließen mit Josi das Strandhaus, beim Hinuntergehen schnappte er sich sein Surfbrett und klemmte die unter seinem linken Arm. Den kurzen Fußweg zum Surfspot berieten sie sich bereits, was sie den am Abend aushecken würden.

„Ich habe von einer Hausparty bei einer Freundin meiner Schwester gehört. Dort soll es nur so von heißen Studentinnen wimmeln.", meinte Taj.

„Nice, vielleicht find ich ja dort die zukünftige Mrs. Moana.“ Antwortete der Halbhawaiianer und grinste verlegen.

Sie gingen noch ein paar Meter, bevor sie ihre Rucksäcke unter einen Rettungsschwimmerturm ablegten und sich ihren Wetsuit anzogen. Kyra und die beiden Surfer wateten durch die Wellen hindurch, bis sie etwa bauchtief im Wasser standen. Josi ging nur knietief in den Ozean und versuchte mit ihrer Schnauze einen vorbeischwimmenden Fischschwarm zu berühren. Dann legten sich die jungen Surfer aufs Board und begannen weg von der Küste zu paddeln. Nachdem sie gut ein Dutzend Wellen gesurft hatten, beendeten sie die heutige Surfeinheit mit einer kurzen Meditation am Ufer.

„So genug gechillt für heute, los fahren wir zur Party.“, sagte Benno, während er sich seinen nassen Wetsuit um seine Schulter warf.

Nachdem sie ihre Boards am Terrassengeländer anlehnten und ihre Neoprenanzüge zum Trocknen aufgehangen hatten, zogen sie sich ihre Schuhe an, immerhin konnten sie dort nicht in Sandalen oder gar barfuß auftauchen. Sie verabschiedeten sich von Josi, stiegen in den Suzuki von Taj und fuhren zu einer Vorstadtsiedlung etwa fünf Kilometer außerhalb von Los Angeles.

Da Benno um einiges besser Auto fahren konnte als sein Freund, übernahm meistens er das Steuer. Nach einer Dreißig-minütigen Fahrt zum Verbindungshaus erreichten sie ein schon etwas älteres und riesiges Haus, fast schon eine Villa. Zwischen dem Erdgeschoss und dem ersten Stock befanden sich drei altgriechische Buchstaben.

Vorm Haus wartete bereits Nicole, die Schwester von Taj. Sie und ihre beste Freundin Skyla hielten in ihrer Hand einen typisch roten Pappbecher mit Fassbier drin. Taj umarmte seine Schwester und Skyla und stellte sie dann seinen Freunden vor. Als Benno und Skyla sich dann gegenüberstanden, schien für beide die Zeit stehen zu bleiben. Die beiden fanden sich sofort sympathisch und umarmten sich noch doller als die anderen. Taj und Kyra blieben bei Nicole auf der Veranda, während Benno und die blonde Studentin den Getränkenachschub besorgten.

Bei der Bierausschank wurde Skyla unabsichtlich von einem Footballspieler mit gelber Collegejacke der Lakers in die Arme von Benno gestoßen. Dieser reagierte schnell und ließ seinen Becher auf den Boden fallen, um so Skyla aufzufangen. Unbeschadet fand sie sich in seinen Armen wieder, sie schauten sich tief in ihre Augen, die Anziehung zwischen den beiden war schon fast greifbar. Ein paar Sekunden später zog der junge Surfer sie zu sich ran und küsste sie. Skyla erwiderte seinen Kuss. Als sie wieder auf ihren beiden Beinen stand, legte sie ihre Arme um seinen Hals, zog ihm fester an sich heran und setzte das Ganze fort.

„Yo Dude, entweder du nimmst jetzt deine Getränke oder ihr verschwindet in ein Zimmer!“ Rief ihnen ein wesentlich älterer Student zu. Sie unterbrachen das Kussspiel, nahmen die roten Pappbecher und gingen wieder raus zu ihren Freunden. Im ganzen Haus war die Musik zu laut, um sich zu unterhalten oder ungestört andere Sachen miteinander zu machen.

„Wo wart ihr so lange? Habt ihr euch verlaufen?“ Fragte Taj mit einem leichten, sarkastischen Unterton.

„Ne Dude, sind aber krass viele Leute da drin!“ Gab Benno zur Antwort.

Doch mit dem nächsten Song änderte sich das Scharadespiel von Benno und Skyla, der DJ spielte *Hot Stuff* von Donna Summer, die beiden schauten sich an und dieser Blick reichte völlig aus, um zu verstehen, was sie fühlten. Sie gingen aufeinander zu und fingen an zu tanzen, wenn man das so nennen konnte ... Denn für die anderen schaute das Ganze eher so aus, als würden sie sich gleich auf der Tanzfläche verschlingen. Ihre Freunde hatten zwar eine gewisse Vorahnung, dachten aber nicht, dass sie sich so schnell näherkamen.

„Yo Skyla, wollen wir noch zu mir fahren?“, wollte Benno nach ein paar Songs wissen.

„Yup, ruf schon mal ein Uber oder so, ich bin gleich wieder da!“ Antwortete die Blondine. Der junge Surfer wartete also in der Einfahrt auf Skyla, einige Minuten vergingen und sie war immer noch nicht zu sehen. *„Jeden Moment könnte der Uberfahrer ankommen, was, wenn sie verschwunden ist?"* Fragte er sich.

Im selben Moment, wie der weiße Uber in die Straße einbog, fiel ihm auch schon jemand mit beiden Armen um den Hals. Er drehte sich zu ihr um und küsste sie. Dann öffnete er ihr die hintere Türe und ließ der jungen Schönheit den Vortritt. Danach stieg er ein und verabschiedete sich winkend von seinen Freunden. Beim Strandhaus angekommen, reichte Benno dem Chauffeur einen Fünf-Dollar-Schein und wünschte ihm noch eine angenehme Nacht. Die beiden gingen die Holzstufen hinauf und öffneten leise die Tür, denn Josi schlief bereits vor der Glasfront.

„Einen ausgezeichneten Wachhund hast du da!" Bemerkte Skyla kichernd.

Benno grinste verlegen und kippte den Lichtschalter für die Spots auf dem Balkon. Dann setzte er sich mit seiner Begleitung auf die Hollywoodschaukel. Sie sahen, wie der Mond sich auf dem dunkelblauen Ozean spiegelte und damit den romantischen Moment zwischen den beiden vervollständigte.

„Du Benno, hast du was zum Trinken?" Wollte sie wissen.

„Aber natürlich! Wo sind meine Manieren, was darfs den sein?" Skyla überlegte kurz.

„Hättest du vielleicht Rotwein? Darauf hätte ich jetzt gerade Lust."

„Perfekt, ich bin gleich wieder da, hab da einen Regionalen."

Benno stand auf und verschwand in der Küche. Dort griff er nach zwei Weingläsern und suchte einen edlen Tropfen aus seiner Weinkollektion. Er entschied sich für einen Cabernet Sauvignon, nahm noch eine Wolldecke vom Schrank mit und ging wieder raus auf den Balkon. Zu seiner Überraschung musste er feststellen, dass Skyla bereits auf der Schaukel eingeschlafen war. Er stellt die Flasche und die Gläser auf einen Beistelltisch und deckte sie mit der flauschigen Decke zu. Er gab ihr einen sanften Kuss auf die Stirn und legte sich auf die Yogamatte neben der Schaukel. Daraufhin legte sich auch Josi auf die Matte und schmiegte sich an ihr Herrchen ran. Schließlich schliefen die drei friedlich und zufrieden am Balkon, im Hintergrund war nur das Meeresrauschen zu hören.

Eine Flamme

Am nächsten Morgen wurden sie überraschenderweise mal nicht von Josi geweckt. Die hellen Morgenstrahlen kitzelte die beiden Surfer auf der Nase.

„Guten Morgen, sorry noch mal, dass ich gestern eingepennt bin.“ Der Halbhawaiianer streckte sich und antwortete ihr:

„Morgen. Kein Ding. Spiegelei oder Rührei?

„Ganz klar Rührei, hast du auch einen Saft?“

„Aber nur weil du´s bist.“ Benno richtete sein Blick nach oben, da begegnete er Skylas wunderschöne Augen und konnte nicht anders, als sie zu küssen.

Währenddessen sich Skyla im Badezimmer frisch machte, bereitet er das Frühstück zu. Gleichzeitig füllte er auch die Blechschüssel von Josi mit Trockenfutter. Noch bevor die Blondine wieder ins Wohnzimmer zurückkam, stellte er die Teller und den frisch gepressten Orangensaft auf den weißen Holztisch.

„Sweet, wie aus dem Bilderbuch.“ Sagte Skyla völlig begeistert, als sie frisch geduscht aus dem Bad rauskam. Sie umarmte den Surfer von hinten und grub ihr Gesicht in sein T-Shirt, er roch irgendwie nach Freiheit.

Noch bevor sie mit dem Rührei fertig waren, stupste Josi heimlich Skyla an der Hand an. Ein kurzer Blick nach unten und sie wusste, was sie wollte, also griff sie ganz schnell nach einer Traube und gab es der süßen Hündin.

„Sag mal, musst du nicht eigentlich arbeiten?" Benno schaute kurz auf seine Uhr und sprang ruckartig vom Sessel auf. Leicht durch den Wind zog er sich seine Arbeitsklamotten an und schlüpfte in seine Schuhe hinein.

„Würde es dich stören, wenn ich dich allein lasse? Du kannst dich hier gerne umsehen, wenn du auf mich warten willst!"

„Ja passt, dann geh ich nachher noch mit Josi auf der Promenade spazieren."

„Perfekt, danke schön!" Er gab ihr rasch einen Kuss und verschwand auf seinem Motorrad in Richtung Stadt. Der immer dumpfer werdende Motorsound der BX 500 wurde leiser und leiser.

Skyla stellte die leeren Porzellanteller in den Abwasch. Verwirrt schaute Josi das neue Fräulein an, dann verschwand sie in einem Nebenzimmer und kam mit einer Hundeleine in den Fängen zurück. Skyla lobte die Hündin und leinte sie mit ihrem Halsband an. Dann gingen sie die hölzernen Treppen hinab und gingen zur noch fast menschenleeren Promenade. Lediglich ein paar frühaufstehende Skateboarder skateten um die Wette und vollführten krasse Tricks.

Skyla spazierte mit der Hündin einige Kilometer, ehe sie das Verlangen verspürte, etwas zu trinken. Also ging sie in einen Supermarkt direkt am Pier. Josi musste leider draußen vor der Drehtür warten. Im Supermarkt drinnen ging sie schnurstracks zu dem Getränkeregal. Fest entschlossen griff sie nach einem hellgrünen Isodrink und ging damit zur Kasse. Da zu dieser Uhrzeit noch nicht so viele einkaufen waren, war sie sofort dran.

„Süßer Hund, deiner?" Fragte der rothaarige Kassierer, welcher sich in etwa in Skylas Alter befand.

„Ne gehört einen Freund, heißt Josi." Entgegnete die junge Frau.

„Das ist vielleicht etwas überraschend, aber hast du heut schon etwas vor?"

„Echt nett, aber es gibt da bereits jemanden, du kannst mir aber deine Nummer geben." Die Studentin antwortete zögerlich und abweisend.

Justin, der Kassierer, zückte einen Notizzettel und schrieb seine Nummer darauf, statt dem i-Punkt malte er ein kleines Herz. Dann gab er ihr den Zettel und zwinkerte ihr zu. Sie bezahlte und verabschiedete sich mit einer kleinen Wink-Geste. Den Zettel steckte sie gedankenlos in ihre Hosentasche und machte sich wieder auf den Heimweg.

Im Strandhaus angekommen, nahm sie sich ein Buch aus dem Regal, drehte das Radio auf, setzte sich auf das

Balkongeländer und begann zu lesen. Ihre willkürliche Buchwahl viel auf einen Abenteuerroman geschrieben von irgendeinem Bestsellerautor. Den restlichen Vormittag verbrachte sie lesend und damit Josi zu streicheln. Plötzlich ging die Eingangstüre auf und Skyla zuckte kurzzeitig zusammen.

„Aloha, alles klar!“ Hallte es vom Eingangsbereich. Die Studentin schaute auf und erkannte den Surfer.

„Warum bist du jetzt schon zu Hause? Wurdest du schon wieder gefeuert?“ Benno lachte kurz und antwortete schließlich:

„Nope, da heute weniger Arbeit war und ich G-Dawg von dir erzählt hab, meinte er, ich könne mir den restlichen Tag freinehmen.“ Sofort verfärbten sich die Bäckchen von Skyla kirschenrot.

Überglücklich lief sie zu Benno und umarmte ihm. Selbstverständlich folgte dann ein Kuss nach dem anderen und sie konnten sich fast gar nicht mehr voneinander lösen, doch zu Skylas Enttäuschung hatte Benno schon etwas anderes geplant.

„Komm, wir unternehmen was, ich kenn ein echt krasses Ausflugsziel.“

„Na, da bin ich mal gespannt!“, antwortete sie und zog sich ihre hellbraune Jeansjacke an. Benno gab Josi einen Kauknochen und holte für Skyla und sich je einen Helm aus der Umkleide. Er startete die Brixton, und die Studentin nahm hinter ihm Platz.

„Gut festhalten!“, rief er ihr zu, währenddessen er langsam auf die Straße rollte.

Eine gute Stunde später erreichten sie ihr Ziel. Sie setzte ihren Helm ab und fragte den Halbhawaiianer neugierig, wo sie sich den befanden.

„Meiner Meinung nach einer der schönsten Plätze von L.A., das Griffith-Observatorium.“ Skyla kuschelte sich an Benno und sofort fühlte sie sich beschützt und geborgen. Sie flüsterte in sein Ohr:

„Einfach unglaublich, so du bist wirklich ein ganz besonderer Mensch.“

Der Surfer neigte seinen Kopf zu ihr hinab, schaute sie mit einer Seelenruhe an, betrachtete jede ihrer Gesichtszüge und wie sich in ihren Wangen leichte Grübchen bildeten, als sie lächelte. Er griff mit seinen Fingern auf ihrem Kinn, richtete ihr Blick nach oben und küsste sie aus vollem Herzen.

Nach diesem gefühlvollen Augenblick gingen sie in Richtung des Eingangs und setzten sich davor auf die kalkweißen Treppen. Zufälligerweise ging in einigen Metern Entfernung ein Rosenverkäufer vorbei. Benno sprang sofort auf und sprintete zum Blumenverkäufer. Er kaufte eine einzelne weiße Rose und überreichte sie mit einer kleinen Verbeugung Skyla.

Überglücklich nahm sie die Blume und schnupperte den lieblichen Duft.

Im Laufe des Nachmittags schafften sie es nach unzähligen Liebesbekundungen im Observatorium wieder nach draußen zum Motorrad.

„Und? Wie hat dir der Ausflug zur Milchstraße gefallen?"

„Unglaublich, das war das Spektakulärste, was mir in letzter Zeit passierte! Zufrieden griff der Surfer nach Skylas Hand. Diese nahm ebenfalls seine Hand und drückte sie lieblich fest. Noch bevor er den Helm aufsetzen konnte, klingelte sein Telefon.

„Yo, Taj ... was gibts?" Taj antwortete völlig außer sich:

„Dude, wenn ihr heute Abend nichts vorhabt, holen Kyra und ich euch heute ab!"

„Was machen?" Fragte Benno misstrauisch.

„Ist eine Überraschung, ich sag nur so viel: Boot, geile Musik und Alkohol natürlich." Benno schaute seine neue Freundin an, überlegte kurz und stimmte dem Abenteuer zu. Daraufhin legte er auf und setzte sich endlich seinen Helm auf.

Taj und Kyra trafen zeitgleich mit den frischen Verliebten beim Strandhaus ein. Benno parkte die BX500 unter dem

Haus und setzte sich gemeinsam mit Skyla auf die Rückbank. Da Tajs Suzuki nicht genügend Platz für alle bot, mieteten sie sich einen größeren Geländewagen für einen Tag.

„Verratest du uns jetzt, wo es hingeht?“ Wollte der Halbhawaiianer wissen.

„Von mir aus ... mein Chef hat mir die Erlaubnis gegeben, mit seinem nagelneuen Boot eine Runde zu drehen. Kyra und ich haben es bereits mit ausreichend Bier und Wodka beladen.“, äußerte sich Taj.

Kurze Zeit später fuhren sie auch schon auf einen mit Maschendrahtzaun umrandeten Privatparkplatz. Taj parkte den Geländewagen neben einen dunkelgrünen Jaguar. Die Freunde stiegen aus und folgten Taj, welcher schnurstracks zu einem Steg schritt, dann schob er eine Planke auf ein etwa vierzehn Meter langes Schnellboot. Am Bug sowie am Heck konnte man klar den Schiffsnamen in goldenen Buchstaben erkennen, die *Italian Laura*. Das Schnellboot hatte einen hellgrauen Anstrich und eine goldfarbene Reling. Nachdem alle an Bord waren, holte Benno die Planke an Bord und löste die Leinen. Währenddessen startete Taj die Motoren und schaltete die Bordinstrumente ein. Nun bewegte sich die *Italian Laura* langsam aus dem Yachthafen in Richtung des offenen Meeres.

„Yo Kyra, wo habt ihr denn das Bier?“ Wollte Benno wissen.

„Neben dem Grill im Kühlschrank, bring mir auch eines mit!“ Riefen Taj und Kyra von der kleinen Kommandobrücke hinunter. Der Halbhawaiianer holte vier gekühlte Corona aus dem Alukühlschrank und verteilte sie unter seinen Freunden.

Nachdem sie sich ein paar Kilometer im offenen Meer befanden, gingen sie vor Anker und drehten die Musikanlage auf volle Lautstärke.

„Oh mein Gott, ich liebe diesen neuen Song von Dua Lipa!“ Sagte Skyla freudig. Den lauten Jubelschrei folgte eine feste Umarmung von Benno. Skyla schmiegte sich an ihm und küsste ihm voller Leidenschaft, Benno spürte, wie sich ihre weichen Lippen langsam öffneten und ließ langsam seine Zunge hineingleiten.

Kyra und Taj mussten das faszinierende Liebesspiel mitansehen. Obwohl sie wegschauen wollten und über etwas anderes reden, konnten sie ihre neugierigen Blicke nicht abwenden.

„Yo, Leute! Spielen wir doch ein Spiel!“ Schlug Taj vor mit der Hoffnung, dass sie nun doch gemeinsam Spaß haben könnten.

„Logo! Was willst du den spielen? Pflicht oder Wahrheit?

„So ähnlich, nur mit viel, viel mehr Alkohol.“ Der Barkeeper antwortete auf die Frage seines Freundes, während er nach einer übergroßen Wodkaflasche griff, solche, die in Diskotheken und Clubs verwendet werden und setzte sich zu den anderen auf das Oberdeck. Nach ein paar Runden fragte Kyra:

„Los gehts! Skyla, was wählst du?“ Sie überlegte kurz.

„Pflicht.“ Das sagte der Fotografin sehr zu und ließ sich etwas ganz Mieses einfallen.

„Fein, du küsst Taj für fünf Sekunden.“ Fassungslos warfen die anderen drei Kyra einen verdutzten Blick zu.

Skyla schaute Benno an, dieser nickte schweren Herzen zustimmend. Eigentlich war dies gegen den Brokodex, aber sie waren leicht angetrunken und immerhin wäre es nur ein dummes Spiel, nichts Ernstes. Also stand sie auf und setzte sich an den Rand von Tajs Liege. Beide atmeten tief ein, dann schaute Benno auf seine Uhr und sie begannen sich zu küssen.

Erst berührten sich nur ihre Lippen, dann begannen sie ihre Zungen zu benutzten. Aus der anfänglich emotionslosen Geste entwickelte sich rasch ein leidenschaftliches Küssen. Beide verspürten eine wohltuende Wärme und küssten sich weit mehr als fünf Sekunden. Nach etwa einer halben Minute platzte Benno der Kragen und er ging dazwischen. Er trennte die beiden voneinander und brüllte seinen Freund hochgeladen an.

„Alter! Was soll das? Aber sonst gehts dir eh noch ganz gut, was?“ Völlig perplex schaute Taj ihm in die Augen und versuchte es mit Schweigen. Dann mischte sich Skyla ein.

„Benno, ich weiß auch nicht, was da eben passierte, aber es fühlte sich irgendwie richtig an.“

Kopfschüttelnd und vollkommen mit der Situation überfordert ging er zum Heck des Bootes und löste das SUP-Board aus der Verankerung. Wütend warf er es ins Wasser, dann drehte er sich noch mal um und verabschiedete sich von Kyra. Aus einer Box holte er das dazugehörige Paddel und sprang auf das Board. Nur mit der Unterstützung des Mondlichtes paddelte er wieder zum Strand.

Einige Zeit später erreichte er den Strandabschnitt seines Hauses, und er ging mit dem Board im Schlepptau schnurstracks hin. Bei seinem Strandhaus angekommen, hielt er kurz inne. Kam jedoch zu dem Entschluss, dass er in diesen Zustand nicht einfach schlafen gehen konnte. Also warf er das Board neben einen Pfahl, kramte seine Motorradschlüssel hervor und setzte sich auf seine Brixton.

Der Bikerclub

Nach einem kurzen Blick auf seiner Uhr überlegte er, wo er um diese Uhrzeit etwas zu trinken bekommen könnte. Er musste nicht lang überlegen. In der Gegend, wo er damals gearbeitet hat, gab es einen Bikerclub, welcher rund um die Uhr geöffnet hat. Damals wollte er nie da rein gehen, die Szene sei laut Gerüchten schwerst-kriminell und dubios. Es dauerte nicht lang, bis er bei der Kneipe ankam. Von draußen hörte man schon den Song *Fortunate Son*. Eine Handvoll Biker stand vor der Tür und unterhielten sich mit einer Zigarette in der einen Hand und ein Bier in der anderen. Immer noch von der Situation vom Boot benebelt, zögerte Benno nicht lange und ging erhobenen Hauptes durch die schwarz und orangene Metalltür. Ihm stieg sofort der Geruch von Zigarren, Whiskey und Leder in die Nase. Die leicht stickige Luft schien ihm nichts auszumachen. Ohne viel Umschweife setzte er sich auf einen abgenutzten Lederbarhocker.

„Du bist nicht von hier? Darfst du schon Motorrad fahren?" Brummte der Barmann, der Dusty Hill von *ZZ Top* ähnelt.

„Klar, ich fahr eine Brixton BX 500. Ich bin nicht zum Quatschen hier. Einmal Hennessy mit Eis!" Konterte er.

Überrascht von der schlagfertigen Antwort machte sich der alte Biker gleich ans Werk. Nach wenigen gekonnten Handgriffen stellte er ihm das Getränk wortlos auf den Tresen. Noch bevor Benno einen Schluck davon nehmen konnte, tippte ihm jemand auf seine rechte Schulter. Lässig stellte er das Glas wieder zurück und drehte sich langsam um. Dann stand er vom Hocker auf, um zu sehen, wer ihn denn stört.

Er konnte seinen Augen kaum trauen, der sowieso schon hoch gewachsene Surfer erblickte lediglich die Brust des Fremden. Er schluckte kurz und blickte dann nach oben, um dem Biker in die Augen zu sehen. Vor ihm stand ein stark gebauter, glatzköpfiger Biker mit einer mit Patches übersäten Lederkutte.

„Kleiner, das ist mein Stammplatz! Wenn du keine Probleme willst, verziehst du dich ab besten!" Schnauzte ihn der Biker an.

„Ich sehe da aber nirgends deinen Namen. Außerdem habe ich noch nicht ausgetrunken." Antwortete er kühl.

Dem Harleyfahrer gefiel die Antwort gar nicht, also krempelte er sein beiges Hemd hoch. Um nicht ganz ohne Waffe dazustehen, griff Benno unauffällig nach seinem Glas. Noch bevor beide zum ersten Schlag kommen konnten, ertönte einige Meter entfernt eine weibliche Stimme.

„Dad! Lass ihn! Er gehört zu mir, er hat hier auf mich gewartet!“ Nun schauten die beiden Männer in Richtung der etwa 25-jährigen blond gefärbten Frau.

„Mara! Was willst du von der Bohnenstange. Bei der kleinsten Windbö knickt er ja ein!“ Gelächter von den anderen Bikern hallte durch die Bar.

Unbeeindruckt griff sich Mara die Hand von Benno, und sie verließen den Bikerclub. Draußen am Parkplatz stand zwischen den ganzen Harleys und sonstigen Motorrädern das Auto der Bikertochter. Ein dunkelgrauer BMW Grand Coupe.

„Einsteigen! Wir fahren eine Runde.“, befahl sie ihm. Nachdem sie den Parkplatz verlassen hatten, ergriff Benno das Wort.

„Danke, für die Rettung eben. Aber warum hast du das getan?“

„Ganz einfach. Ich kam hinein und sah, wie so ein süßer Surfer Hilfe benötigte. Wäre auch Schade, wenn du morgen ohne Zähne aufwachen würdest.“ Gab ihm die junge Frau als Antwort.

Einige Häuser und Hallenblocks später fuhren sie in eine alte und verlassene Fabrikhalle. Der kernige Sound des 313 PS starken BMWs kam in der leeren Halle nun noch deutlicher zur Geltung. Die Freude war jedoch nur von kurzer Dauer, Mara blieb mitten im Gebäude stehen und schaltete den Motor aus.

„Jetzt mal ehrlich, was wolltest du in so einer Bar. So weit weg vom Strand?“ wollte sie wissen.

„Okay, gut. Du hast mich erwischt. Eben waren wir noch am Feiern und dann knutscht mein bester Freund einfach mit meiner Freundin rum.“

Mara nickte einfühlsam und schlug vor, sich auf die Motorhaube zu setzten und obwohl er sich nicht sicher sei, ob er schon über Skyla hinweg sei, stimmte er ihr zu. Benno chillte sich zuerst hin und deutete ihr sich neben ihm niederzulassen. Mara verneinte und setzte sich stattdessen auf seinen Oberschenkel. Sofort wurde ihm klar, dass sie heute noch ihren Spaß haben würden. Doch noch bevor sie sich küssen konnten, wurden sie von Bennos Wecker unterbrochen.

„Fuck, ich muss ja arbeiten!“

„Okay, chill! Ich bring dich zu deinem Bike. Treffen wir uns doch am Wochenende wieder.“

„Gerne.“ Antwortete er zögerlich.

Mittlerweile ging die Sonne wieder auf, und die meisten Motorräder waren verschwunden. Er verabschiedete sich mit einer ausgiebigen Umarmung. Dann startete er seine Brixton und verließ rasch den Parkplatz. Nach einigen Ampeln fiel ihm ein mattschwarzer Chevrolet Tahoe auf. Welcher sich seit dem Verlassen des Bikerclubs scheinbar an seine Fersen geheftet hatte. Mit einem mulmigen Gefühl versuchte er seinen Verdacht zu bestätigen. Als blieb er bei der nächsten roten Ampel, ohne zu blinken stehen. Da die Verfolger ebenfalls nicht blinkten, schaltete er den rechten Blinker erst ein, sobald die Ampel auf Grün schaltete. Dann bog er blitzschnell ab und beschleunigte sofort. Der Verfolger im Tahoe riss das Lenkrad mit voller Kraft um, realisierte aber zu spät, dass der Surfer schon einen guten Vorsprung vorgelegt hatte. Benno erkannte seine Chance und fuhr von nun an im zick zack durch die Stadt zu seiner Arbeit. Kurze Zeit war er sich sicher. Er hätte die Verfolger abgehängt.

Bei seiner Arbeitsstelle angekommen fuhr er in den Hof und stellte sein Bike gut versteckt neben einer großen Mülltonne ab. Efraim kam einige Sekunden später in seinem Audi A4 reingefahren. Gemeinsam gingen sie ins Büro, um sich dort einen frisch gebrühten Kaffee zu nehmen. Der Chef der beiden saß schon vor dem Computer und haute fokussiert in die Tasten, typisch für G-Dawg.

Spät abends verabschiedete er sich von seinen Arbeitskollegen und fuhr ohne Umschweife nach Hause. Josi hätte zwar immer freien Zugang zu Trockenfutter, jedoch würde sie auch mal wieder Gassi gehen müssen. Als Benno daheim ankam, stellte er fest, dass das SUP-Board verschwunden war. Zunächst dachte er, dass es jemand gestohlen hatte. Dann erblickte er aber einen kleinen Notizzettel, welcher mit einem Stein beschwert auf der Treppe lag.

„Aloha mein Freund! Sorry für das gestern Abend. Skyla sah ein, dass es ein Fehler war, und will sich mit keinem von uns mehr treffen. Ich hoffe, wir können Freunde bleiben. Ich würde mich freuen, wenn wir morgen in der Früh eine Runde surfen könnten.

PS: Josi habe ich bereits gefüttert und war mit ihr spazieren. :)"

Währenddessen er den Brief las, setzte er sich auf die Holzstiegen und überlegte, ob er ihm verzeihen sollte. Er benötigte dafür nicht lange, immerhin wollte er die jahrelange Freundschaft nicht einfach so über Bord werfen. Mit einem Lächeln stand er auf und ging die Treppen empor. Die Hündin wartete bereits schwanzwedelnd auf ihr Herrchen. Der Surfer öffnete die Tür und begrüßte sie mit einer ausgiebigen Streicheleinheit, danach unternahm er mit Josi noch einen Strandspaziergang.

Am nächsten Morgen musste er noch früher aufstehen als sonst. Der Halbhawaiianer zog sich rasch seinen Wetsuit an, schnappte sich sein Brett und ging zum Treffpunkt hinunter. Am Strand erkannte er bereits die Silhouette von Taj. Sie begrüßten sich mit einem für Surfer typischen Handschlag.

„Freut mich, dass du mir verzeihst. Ich habe hier zwei identische Halsketten. Die sollen uns immer an unsere Freundschaft erinnern." Sagte Taj glücklich und überreichte ihm eine braune Haifischkette.

„Thanks Dude! Jetzt werden wir aber nicht zu sentimental, lass uns surfen!“ Zeitgleich spurteten sie mit ihren Surfboards in den Ozean, die ersten Wellen konnten sie noch überspringen. Dann mussten sie jedoch raus paddeln.

„Yo Bock am Abend ein paar Bierchen zu zwitschern? Kyra würde auch kommen.“ Wollte Taj wissen, während sie nach einer langen Surfsession aus dem Wasser gingen.

„Solang wir nicht wieder ein Trinkspiel spielen.“

Sie verabschiedeten sich wie üblich mit einem Handschlag und machten sich für die Arbeit fertig. Eben als Benno die Türe abschloss und mit seinem Mittagessen in der Hand die Stiegen hinunter ging, bremste sich der *M6* von Mara vor seinem kleinen Grundstück ein.

„Hey! Ich brauch deine Hilfe! Bitte steig schnell ein!“ Rief sie ihm aus dem offenen Fenster zu.

Er übersprang die letzten Stufen, dabei verlor er sein in Alufolie gepacktes Sandwich. Er konnte nicht einmal die Türe des Sportwagens schließen, da drückte Mara bereits aufs Gaspedal. Mit einer Sand- und Staubwolke verließen sie die Küstenseite und fuhren Richtung Osten.

„Um was gehts?“ Fragte Benno skeptisch.

„Erklär ich dir später. Wird eine längere Fahrt. Irgendwelche Musikwünsche?“

„Yes, wäre übelst nice, wenn du *Summertime Sadness* spielst.“

Um kein schlechtes Bild auf sich zu werfen, textete er seinen Boss G-Dawg, dass es ihm nicht gut ginge und heute nicht in die Arbeit kommen konnte. Nach etwa dreißig Minuten Fahrt wurde Benno ungeduldig.

„So! Würdest du mir jetzt bitte verraten, warum du in aller Herrgottsfrühe vor meiner Bude auftauchst." Mara seufzte kurz und fing dann an zu erzählen.

„All right. Mein Dad hat mich gebeten, für ihn etwas abzuholen. Normalerweise würde er es selbst erledigen, doch er musste kurzfristig nach Oakland. Und weil ich sowieso grad keinen Freund hab und er letztlich doch von dir beeindruckt war, wirst du bei diesem Deal mein Partner sein."

„Und was springt dabei für mich raus?

„Wenn alles glatt läuft, bekommst du natürlich deinen Anteil, das wären um die tausend Dollar. Zusätzlich hast du die Möglichkeit, für meinen Dad zu arbeiten und dir so ab und zu was dazu verdienen." Der Surfer blickte kurz aus dem Fenster und antwortete knapp mit einem.

„Einverstanden!"

Nach weiteren zwanzig Minuten bogen sie in ein leeres Grundstück ein. Das steppenartige Grundstück war mit einem Maschendrahtzaun umrandet. Mara parkte das Coupe und wies Benno an, ihr hinter dem Auto zu folgen. Dann öffnete sie den Kofferraum und holte einen Jutebeutel heraus. Sie öffnete den Knoten und eine schwarze *Beretta 92* kam zum Vorschein.

„Die ist wirklich nur für den Notfall bestimmt. Du wirst sie verdeckt am Rücken tragen."

„Wenn es denn sein muss. Warum trägst du keins?"

„Du weißt schon, dass ich einen Sport-BH und eine Leggings trage?

„Touché!" Erwiderte Benno und steckte die Pistole ein.

Nach einem kurzen Blick auf die Uhr gab sie Benno ein Zeichen, dass es jeden Augenblick so weit sei. Wie vereinbart fuhren auch schon zwei baugleiche *GMC Yukon* in Mattweiß auf das Grundstück. Einer der beiden SUVs blieb direkt bei der Einfahrt stehen. Der andere fuhr bis etwa vier Meter vor den BMW. Dann stiegen drei maskierte Männer aus. Jeder hatte ein Gewehr umhängen und mindestens eine weitere Waffe einstecken. Einer der Männer hatte eine olivgrüne Munitionskiste in der Hand. Wortlos trat er an Mara heran und stellte die mysteriöse Kiste vor ihr ab.

Die Blondine kramte einen USB-Stick aus ihrer Tasche und legte ihm in die Hand des Gangsters. Dieser nickte kurz und warf den Datenträger sofort zu seinem Kameraden. Dieser ging zum GMC und übergab den Stick, den vierten Mann im Auto. Der IT-Spezialist steckte ihm in seinen Laptop und überprüfte die Daten. Nach einer halben Minute angespannter Stille streckte er einen Daumen nach oben aus dem

Fenster. Die Maskierten verabschiedeten sich und stiegen wieder ins Auto ein. Sobald die Geländewagen verschwunden waren, hob Mara die Metallkiste auf und stellte verstaute sie im Kofferraum.

„Willst du denn gar nicht wissen, was drinnen ist?", wollte Benno wissen.

„Mein Dad hat mir das verboten. Außerdem würden die es niemals wagen, die Gang meines Vaters übers Ohr zu hauen. Steig ein, wir dürfen keine Zeit verlieren, wir müssen schleunigst in die Stadt." Benno nickte, zog die Waffe hervor und legte sie wieder in den Jutebeutel.

Mit einer minimalen Überschreitung des Tempolimits fuhr Mara höchst konzentriert zum nördlichen Teil von Los Angeles. Sie hielten vor einem Bürokomplex in der Nähe vom Dodger Stadium. Infolgedessen betraten sie mit der Munitionskiste den Eingangsbereich und fuhren mit dem Aufzug in das oberste Stockwerk. Oben angekommen betraten sie ein großes Büro mit schwarzen Marmorsäulen und jede Menge antiker Skulpturen. Mara ging sofort zu einem aus Nuss angefertigten massiven Schreibtisch. Hinter dem edlen Möbelstück saß ein eher schmächtiger alter Mann mit Brille und Anzug.

„Hallo Marco! Hier habe ich was für dich." Sagte Mara freundlich. Sofort, als Marco sie erblickte, erkannte man einen Freudeschein in seinen Augen.

Der Geschäftsmann stand auf und schüttelte beiden dankend die Hand. Dann holte er einen goldenen Schlüssel aus der Schublade und öffnete die Box. Langsam öffnete er den Deckel, und zum Vorschein kamen unzählige Perlen. Die Kiste war bis oben hin damit gefüllt.

„Danke schön, das sind Akoya-Zuchtperlen. Die ganze Ladung ist etwa eine Viertel Million Dollar wert.“ Nachdem er die Box in seinen Tresor eingeschlossen hatte, überreichte er den jungen Erwachsenen einen Umschlag.

„Wenn ich fragen darf, was machen sie jetzt mit den Perlen?“ Wollte Benno wie immer neugierig wissen.

„Schmuck! Die Perlen werden noch ein wenig bearbeitet und mit anderen Elementen kombiniert. Zum Beispiel mit Silber, Gold oder Diamanten.“

Mara und ihr Partner nickten zustimmend, steckten das Kuvert ein und verließen wieder das Gebäude. Im Auto schlug Mara vor, zur Feier des Tages zu ihren Lieblingsclub in Downtown zu fahren.

„Alright! War schon ewig nicht mehr in einem Club feiern.“

„Hast du auch so einen Hunger? Also ich habe einen enormen Hunger. Ich würde vorschlagen, wir fahren vorher noch etwas essen.“ Währenddessen Benno zustimmend mit dem Kopf wackelte, suchte er bereits ein Restaurant in ihrer Nähe mit seinem Smartphone.

„Die nächste links. Da ist ein Mexikaner, was sagst du zu Burritos?“

„Für feuriges Essen bin ich immer zu haben!“, antwortete sie begeistert.

Nach dem Essen neigte sich der Tag auch langsam schon dem Ende zu und die ersten Clubs sperrten auf. Mara parkte den BMW in einer nahen gelegenen Tiefgarage. Kurz darauf standen sie auch schon Schlange vorm *Rosalyn5*. Einer der angesagtesten Clubs in Los Angeles. Zwei breit gebaute Türsteher mit Funkgerät standen mit verschränkten Armen vor den gläsernen Eingangstüren. Gut die Hälfte der Leute, die vor ihnen wartete, wurde wieder zurückgeschickt. Meistens passten die Klamotten nicht oder sie wurden aufgrund ihres generellen Aussehens abgelehnt. Als sie jedoch die Blondine mit ihrer Begleitung sahen, begrüßten sie sie freundlich und öffneten respektvoll die Türen.

„Krass, warum mussten wir nicht mal den Ausweis herzeigen?“

„Die sind in derselben Bikergang wie mein Vater und ich. Ich sag’s dir, so lassen sich noch viel mehr Türen in L.A. öffnen.“

Neugierig wollte Benno schon wissen, was sie genau meinte, verkniff es sich jedoch im letzten Moment. Mara begrüßte den Barkeeper und bestellte anschließend zwei Drinks.

Sie bezahlte mit einem Zehn-Dollar-Schein und reichte dem Surfer das zweite Glas.

„Lass uns anstoßen, auf weitere erfolgreiche Geschäfte!"

„Cheers!"

One-Night-Stands

Da sich die Stimmung noch im Keller befand, beschlossen sie sich auf einen VIP-Tisch zu setzten. Den begehrten Platz zu bekommen war für Mara kein Problem. Es dauerte nicht lange, bis die hübsche Bikertochter angebaggert wurde. Die Tatsache, dass sie mit einer männlichen Begleitung anwesend war, interessierte hier herzlich wenige. Allerdings wurde auch Benno eine halbe Stunde später von einer hinreisenden Philippinerin zum Tanzen aufgefordert. Nach dem typischen Small Talk stellte sich heraus, dass die junge Frau als Unterwäschemodel arbeitete, nun hatte sie endgültig das Interesse von Benno geweckt. Es dauerte nicht lange, bis sie beschlossen hatten, den Club zu verlassen. Benno verabschiedete sich schweren Herzens von seiner Geschäftspartnerin und ging mit Lejla zur nächstgelegenen U-Bahnstadion.

In der Metro begannen sie aus purer Lust und Alkoholeinfluss rumzumachen, die Kussinitiative ging einigermaßen von beiden gleichzeitig aus. Bei all dem Rumgemache hätten sie beinahe die Station von Lejla überhört. Lejla wohnte in einer kleinen Wohnung in der Nähe von *South Pasadena*.

Die beiden gingen ohne weiteres Getön ins Schlafzimmer. Vorm Bett hielten sie kurz inne und begannen sich noch wilder zu küssen. Dann zog Benno ihr hastig und zugleich sanft das gelbe Kleid aus. Gefolgt von einem Schuber aufs Bett, dann zog auch er sich aus und kroch zu ihr.

„Genieß die Nacht, sie wird einmalig sein!“ Meinte Lejla mit der Betonung auf einmalig.

Benno kam das gerade Recht, eine feste Freundin würde ihm sowieso von der Arbeit mit der Bikergang ablenken. Wieder voll bei der Sache fing er an, die Asiatin zu küssen. Zunächst nur auf den Mund, jedoch wanderte er über den Hals bis zu ihren Brüsten hin. Um von ihrer Seite das heiße Liebesspiel voranzutreiben, öffnete Lejla rasch ihren BH. Die kontinuierlichen Küsse und leidenschaftliche Berührungen brachten Lajla fast zu Ektase. In einem der Regale über dem Bett erkannte er sofort eine Surfleash.

„Surfst du?“ Wollte er sofort wissen.

„Ab und zu, wenn es die Arbeit zulässt. Wie kommst du jetzt darauf.“ Benno streckte seinen Arm aus und griff nach der Leash.

„Wie wäre es? Führen wir das Ganze doch auf einem höheren Level fort.“ Daraufhin knotete er das Ende an dem Bettgitter, dann öffnete er den Klettverschluss und fesselte ihre beiden Arme damit.

Ein williges Nicken zeigte ihm, dass das genau das war, was sie schon immer fantasiert hatte. Der nachfolgende submissive Blick signalisierte ihm zusätzlich, dass der heutigen

Nacht keine Grenzen gesetzt seien. Lejla schloss ihre Augen und gab sich ihm vollkommen hin.

Am nächsten Morgen wachte Benno zuerst auf. Da es sich sowieso um eine einmalige Sache handeln würde, hüpfte er in seine Shorts und zog sich seine Schuhe an. Er überlegte kurz, ob er ihr eine Nachricht hinterlassen sollte. Fand es dann jedoch zu klischeehaft und verließ das Apartment der Gespielin, den BH nahm er allerdings als Andenken mit. Viel mehr jedoch zum Angeben vor Taj. Dieser würde sich zudem gut als Deko im Strandhaus machen.

Mit der Metro und einem kurzen Fußmarsch kam er dann rechtzeitig zum Sonnenaufgang bei seiner Bude an. Nach einem kurzen Frühstück musste machte er sich mit Josi auf dem Weg zu Promenade. Da sich gerade keine Sportler in einem Outdoorgym befanden, beschloss er kurzerhand noch ein wenig zu trainieren. Josi legte sich unter eine Langhantelbank, während der Surfer sich in Klimmzügen übte. Eine vorbeilaufende junge Frau blieb vor dem Trainingsplatz stehen und bewunderte den durchtrainierten Oberkörper. Dann nahm sie ihre Kopfhörer raus und ging auf Benno zu.

„Hey Sweety, ich weiß, du hörst das öfters, aber ich find dich echt scharf." Völlig aus dem Konzept gerissen, antwortete er nur knapp mit einem:

„Danke, du aber auch."

„Ich bin Yissel und dein schnuckeliger Name?"

„Benno, und wenn wir gerade dabei sind, mir gefallen deine violetten Haare."

„Dankeschön, wie du siehst, bin ich grad beim Joggen, ich gebe dir einfach meine Nummer und wir telefonieren nachher."

Benno zückte sein Smartphone und reichte es Yissel. Sie tippte ihre Telefonnummer ein und gab ihm sein Handy mit einem zufriedenen und verspielten Lächeln zurück, dann verabschiedete sich die hinreißende Sportlerin mit einem Wangenküsschen. Motiviert und hochmütig setzte er sein Workout mit einer Kugelhantel fort.

Am Weg heim begegnete er noch einer joggenden Blondine, welche ihm zu zwinkernde, dies pushte Bennos Ego nochmals erheblich. Seine Oberarme wirkten durch das eben absolvierte Training noch muskulöser. Zusätzlich machten ihm seine mit Blut gefüllten Venen sehr anziehend.

In seiner Mittagspause versuchte er sein Glück und schrieb Yissel eine Nachricht.

Benno: „hey 👋. Ich kenn da eine super Bar beim Strand. Wie wäre es heute Abend 😉?"

Yissel: „Hey, gern bis nachher!"

Dieser Antwort folgte später noch eine Adresse.

Auf den Weg zu Joggerin überlegte er sich, ob es dieses Mal wieder nur um das eine ging. Die Tatsache, dass sie ihm eigentlich wegen seines Aussehens ansprach, unterstrich diese These.

Yissel saß bereits auf einer Bank vor ihrem Wohnhaus. Die 26-Jährige hatte ein einfaches weißes T-Shirt an. Kombiniert mit einer abgeschnittenen schwarzen Jeans und Converse. Der leidenschaftliche Motorradfahrer stellte seine Brixton am Straßenrand ab, setzte seinen Helm ab und begrüßte sie mit einer langen Umarmung. Aus seinem Rucksack holte er einen zweiten Helm und gab ihr einen Crashkurs in Motorradkunde.

Sie setzten sich auf das Bike und nachdem er den Ständer einklappte, legte sie ihre beide Arme um seine Taille und schmiegte sich dicht an ihm. Nach der Fahrt plauderten die beiden über ihre Liebe zum Sport und ihren Musikgeschmack.

„Ab und zu singe ich auch, bin bis jetzt aber erst einmal vor Leuten aufgetreten." Erzählte die Studentin stolz.

„Sick, dann kannst du mir nachher sicher was vorsingen, oder?"

„Klar, nur musst du mich mit der Gitarre begleiten."

„Wie kommst du drauf, dass ich Gitarre spielen kann?", wollte er neugierig wissen.

„Ich kann Gedanken lesen. Ne Spaß, ich habe dein Gitarren-Tattoo in der Früh gesehen."

Auf dem kurzen Weg vom Motorrad zur Landlord-Bar streiften sich mehr oder weniger zufällig ihre Hände. Yissel und Benno griffen zeitgleich nach der Hand des anderen und gingen Händchen haltend zu einem Sofa auf der Holzterrasse der Bar. Sofort begrüßte sie Taj mit zwei Gläsern hausgemachten Eigenkreation. Der hellgrüne Drink war mit Kokosraspeln verziert und schmeckte süß und exotisch.

„Yo Dude, der schmeckt echt Hammer. Borgst du mir bitte deine Rickenbacker." Fragte er Taj lässig. Dieser verschwand daraufhin im Mitarbeiterbereich und kam kurz darauf mit einer rotbraunen Akustikgitarre zurück.

„Hier! Verstimm sie aber bitte nicht, ... wenn es geht." Nachdem sie ihre Cocktails ausgetrunken hatten, gingen die beiden zu einer Sitzbank, nicht weit vom Strand entfernt.

„Und, ... was spielen beziehungsweise singen wir jetzt?"

Yissel überlegte kurz und flüsterte den Halbhawaiianer drei Wörter ins Ohr. Benno ging den Anfang des Liedes nochmals gedanklich im Kopf durch und begann dann den Song anzuspielen. Die Studentin atmete tief ein und begann dann mit einer engelsgleichen Stimme zu singen. Vermutlich sang sie sogar besser als so mancher Engel.

„Strumming my pain with his fingers
Singing my life with his words
Killing me softly with his song
Killing me softly with his song"

Die beiden schauten sich dabei tief in ihre braunen Augen und vergaßen dabei völlig das Meeresrauschen, die Musik der Bar und die vorbeigehenden Menschen. Yissel schloss ihre Augen mit der festen Überzeugung, dass sie sich jetzt küssen würden, Benno konnte aber nicht. Er würde es bereuen, wenn das mit ihr nur eine einmalige Sache werden würde. Er spürte es deutlich, Yissel sei was ganz Besonderes. Nach einigen Sekunden peinlichen Nichts musste sie erkennen, dass er sie nicht küssen würde.

„Ist was?" Hakte sie nach.

„Mhm, schau, ich habe das Gefühl, dass du was ganz Besonderes sein könntest. Deshalb will ich das jetzt nicht vergeigen!"

„Ohh, ich verspreche dir, dass du es nicht vergeigen wirst."

Erleichtert und zugleich überrascht holte der Surfer Yissels Kopf mit einer leichten Handbewegung zu sich und küsste sie hingebungsvoll. Seine vom Salzwasser trockenen Lippen wurden nach wenigen Küssen von ihren Lippen befeuchtet. Die beiden entschieden sich dagegen, vor Publikum weiterzumachen und schlenderten wieder zur Strandbar zurück. Zu Bennos Verwunderung lehnte an der Bar bereits Mara und trank von ihren Mojito. Verdutzt entschuldigte er sich kurz bei Yissel und ging mit seiner Geschäftspartnerin auf den Parkplatz.

Das Geschäft ruft

„Bevor du dich beschwerst! Lass mich dir erklären, warum ich dich bei deinem romantischen Date unterbreche. Wir haben aber einen Notfall in Oakland. Jemand hat unser Lager beklaut. Auf der Straße sagt man, dass die Typen, die das getan haben, einen kleinen Unterschlupf dort haben."

„Krass, was befand sich im Lager? Und was ist jetzt genau dein Plan?"

„Ein paar Kunstgegenstände und anderes Schmuggelgut. Zusammen mit zwei Freunden werden wir uns die Sachen zurückholen. Mein Vater wartet dort in einem Motel auf uns." Benno seufzte, drehte sich um und starrte auf das offene Meer hinaus.

„In Ordnung, allerdings verabschiede ich mich noch von Yissel und Taj!"

„Danke! Beeil dich, wir dürfen keine Zeit verlieren."

Neben Maras BMW parkte ein dreckiger Jeep mit kleinen Rostflecken. Im Inneren saßen die besagten Freunde, die finster aussehenden Typen zeigten keinerlei Reaktion, als sie von Benno angeschaut wurden. Die Blondine bot daraufhin an, dass er fahren könne, Benno lehnte allerdings dankend ab. Für heute sei er seiner Meinung nach schon genug herumgefahren. Dafür bestand er jedoch darauf, dass er die Musik auswählen durfte. Die sechs Stunden konnte er sich unmöglich den grauenhaften Musikgeschmack von Mara geben.

Im Laufe der Autofahrt konnte er ein wenig mehr Informationen über die besagte Ware aus Mara herauskitzeln. Sie erzählte Benno unter anderem, dass es sich um zwei Container handle, in denen sich die Güter der Bikergang befanden. Neben kiloweise Koks und genug Waffen, um einen Bürgerkrieg anzufangen, hatten es die Diebe jedoch vermutlich auf etwas ganz anderes abgesehen. Etwas so Wertvolles, dass, wenn man es an die richtigen Leute vertickt, bestimmt mehrere Millionen Dollar einbringt. Etliche Kunstgegenstände und einzigartige Gemälde. Die meisten davon waren zwar gestohlen, brachten allerdings am Schwarzmarkt immer noch genug ein, um eine ganze Insel kaufen zu können.

Die zwei Gangmitglieder im Jeep fuhren die ganze Zeit im Windschatten von Mara. Mittlerweile war es vier in der Früh und sie beschlossen, sich im Motel auszuruhen und den Coup in der folgenden Nacht durchzuführen. Bis dahin konnten sie sich ein besseres Bild der Lagerhalle der Diebe machen. Mara parkte den M6 neben der Harley ihres Dads und klopfte dann bei seiner Zimmertüre an. Der Motorradfahrer umarmte seine Tochter liebevoll, begrüßte seine Kumpels mit einem Handschlag, zuletzt warf er den Surfer lediglich einen musternden Blick zu. Die Rollläden waren heruntergelassen und direkt neben der Eingangstüre lehnte eine Schrotflinte. Im Aschenbecher lagen einige ausgedrückte Zigaretten und ein offener Koffer befand sich in einer Ecke des Motelzimmers. Sobald alle hereingekommen waren, schaute sich der Anführer prüfend draußen um und verriegelte die Türe.

„Nehmt Platz, ein alter Freund hat mir gesteckt, wo die Typen ihr Zwischenlager haben. Unsere Container befinden sich in einer Lagerhalle im Hafen von Oakland. Angeblich sind sie noch immer auf den Lkws." Einer seiner Untergebenen fiel ihm ins Wort.

„Wieso sind wir nur zu fünft?" Der Biker schaute ihm kurz in die Augen, nickte und fuhr fort.

„Ihr seid die Einzigen, denen ich vom ganzen Herzen vertraue. Nun ja, fast! Bis auf dem Greenhorn da. Aber da er anscheinend das Vertrauen meiner Tochter gewonnen hat, kann er wohl nicht so schlimm sein."

Nachdem er allen ihr Vorgehen für die Rückholmission erklärt hatte, beauftragte er Mara und Benno damit, etwas fürs Mittagessen zu besorgen. Die zwei Gangmitglieder und der Anführer blieben im Motel zurück und brachten die Waffen auf Vordermann und organisierten den Abtransport der Container.

Mara fuhr gemeinsam mit Benno zur besagten Lagerhalle, um die Lokalitäten und mögliche Fluchtwege auszukundschaften. Das heruntergekommene Gebäude hatte eine große Einfahrt für die Lastwägen und einen Seiteneingang. Durch ein zerbrochenes Fenster konnten sie die Lkws mit den Containern erkennen. Sie konnten im Inneren drei bewaffnete Männer zählen. Jeweils beim Eingang wachte ein Gegenspieler.

„Es sind mindestens fünf Typen. Wir können unmöglich alle ausschalten! Wir brauchen ein Ablenkungsmanöver!", stellt Benno fest.

„Stimmt, deshalb wirst du sie ablenken. Mein Dad und ich werden die Zurückgebliebenen in Schach halten, während die anderen zwei die Trucks stehlen. Also genauer gesagt wiederbesorgen."

Konzentriert prägte er sich die Umgebung ein und skizzierte das Ablenkungsmanöver auf einem umgedrehten Kassenbon.

Nachdem die Crew zu Mittag gegessen hatte, legten sie sich im Motelzimmer hin und tankten noch Kräfte für die lebensgefährliche Aktion.

Am Abend wurden sie dann von einem Wecker geweckt. Benno hatte die Aufgabe mit den BMW vor der Lagerhalle vorzufahren und mit gezielten Schüssen seiner Glock einige Fensterscheiben zerstören. Währenddessen würden die anderen vier im Jeep versuchen in die Halle einzudringen und wenn es nötig ist, mit Waffengewalt die Lkws zu entwenden.

„So, Jungs ... und Mädchen. Jetzt wirds ernst. Passt auf euch auf!"

Mara lenkte den Jeep, ihr Dad saß am Beifahrersitz und die anderen beiden Gangmitglieder saßen bewaffnet mit zwei Steyr SPP´s auf der Rückbank. Die 9 mm Pistolen hatten sie mittels Tragegurte an sich befestigt. So hatten sie die Hände frei, um die Trucks zu lenken.

Kurze Zeit später setzten sie ihr Vorhaben in die Tat um. Benno beschleunigte einige Hundert Meter entfernt von der Lagerhalle. Bremste sich dann mit vollem Körpereinsatz vor dem Tor ein und feuerte fünf Kugeln aus dem offenen Beifahrerfenster ab. Die zunächst überraschten Wächter rannten kurz darauf zu ihrem graugrünen Pick-up und verfolgten das Coupe zu zweit. Die restlichen Männer liefen aus dem Gebäude hinaus und versuchten es für einen weiteren Angriff abzusichern. Doch wie aus dem Nichts tauchte der Jeep mit Vollgas von der anderen Seite auf. Einer der zwei Gangmitglieder schoss aus dem fahrenden Auto auf die Wächter, einer wurde getroffen und ging sofort zu Boden. Um nicht allzu viel Zeit zu verschwenden, preschte Mara durch das Eingangstor und verlagerte das Gefecht zwischen den beiden Lkws. Blitzschnell rissen sie die vier Türen des Jeeps auf und starteten einen wilden Kugelhagel. Noch bevor sie das erste Magazin verbraucht hatten, saßen die Biker schon in den Trucks und starteten die Motoren. Mara und ihr Dad hielten die Verteidiger wie abgesprochen in Schach.

In der Zwischenzeit lieferte sich Benno eine actionreiche Verfolgungsjagd durch den Containerdschungel des Hafens. Da die Verfolger durch ihre hervorragende Ortskunde klar im Vorteil waren, musste er sich was einfallen lassen und das so schnell es ging. Nicht nur, dass sie immer näherkamen, dazu kam noch, dass der Beifahrer mit einer Kalaschnikow auf ihm schoss. Zufälligerweise sah er in einigen Hundert Metern einen Container, welcher gerade von einem Kran abgesetzt wurde. Mit etwas Glück würde er es unter dem Container hindurchschaffen und sich so einen Vorteil gegenüber dem Pick-up verschaffen. Er atmete tief ein, nahm all seinen Mut zusammen und drückte das Gaspedal bis auf Anschlag durch.

Aufgrund der schlechten Scheinwerfer des alten Pick-ups sahen sie den von der Dämmerung verschleierten Container leider viel zu spät. Mit etwa 50 km/h crashten sie mit voller Wucht gegen die gigantische Stahltruhe. Zu ihrer und Bennos Verwunderung lösten beide Airbags aus, und sie waren auf erstem Anblick nicht schwer verletzt. Da er allerdings nicht wusste, ob sie eventuell innere Verletzungen hatten, rief er bei seiner Rückfahrt zur Lagerhalle die Rettung. Was er zu dem Zeitpunkt allerdings noch nicht wusste, ein Hafenarbeiter hörte die Gewehrschüsse und alarmierte ebenfalls den Notruf.

Die Situation bei der Lagerhalle wurde immer brenzliger. Die Trucks waren bereits im Begriff durch die Ausfahrt zu-fahren, als einer der Wächter eine RPG aus einer Kiste holte und einen der Lastwägen anvisierte. Nicht einmal zwei Sekunden später betätigte er den Schalter und einer der Lkws wurde getroffen. Die unvorstellbare Kraft der Rakete zerfetzte den Truck in Tausenden Einzelteilen und beschädigten ebenfalls den Container. Das Bikermitglied war sofort tot. Die Explosion zwang alle Beteiligten, sich zu verschanzen und in Deckung zu gehen.

Der andere Lastwagenfahrer nutzte die Gelegenheit und verschwand im aufgewirbelten Staub und Rauch. Nun mussten es nur noch Mara und ihr Vater raus aus der Halle schaffen. Doch im richtigen Moment erreichte Benno das Schlachtfeld und verhinderte einen weiteren tödlichen Raketenangriff. Er nahm die Schulter des Schützen ins Visier und feuerte genau eine Kugel ab. Der Wächter ging daraufhin zu Boden. Mara erkannte die Gelegenheit und rettete sich mit ihrem Dad in den SUV. Allerdings hatte Benno wohl noch mehr Schutzengel. Gerade als sich die Diebe vornahmen ihm niederzustrecken, ertönte eine sich rasch nähernde

Polizeisirene. Deshalb ließen sie von ihrem Plan ab, legten den Verwundeten auf die Ladefläche eines weiteren Pick-ups und verließen den Schauplatz. Um nicht von der Polizei geschnappt zu werden, taten es die Bikergangmitglieder gleich und fuhren sofort zum Motel. Wenn alles nach Plan ging, sollte dort bereits der LKW auf sie warten und Tatsache der Lastwagen inklusive Container parkte bereits auf dem Hotelparkplatz.

„Gute Arbeit Leute! Der Verlust von Diego ist tragisch. Aber wie heißt es so schon? Auge um Auge, Zahn um Zahn!“ Verkündete der Boss vorm Motel.

„Ey Homie! War es das denn wirklich wert. Nur wegen ein wenig Koks?“ Hakte Benno nach.

„Wegen wenig Koks? Zum Ersten sind da mehr als zehn Kilo drin. Dann kommen noch die Waffen dazu. Es sind dreihundert top moderne Maschinengewehre.“

„Überzeugt mich nicht und im anderen Container?“ Der Biker schaute Benno finster an, überlegte kurz, ob er ihm die Wahrheit verraten sollte und antwortete ihm schließlich.

„Mein Sportwagen, genauer gesagt ein gelber Ford GT. Ist jetzt zwar bitter, aber lasst uns keine Zeit verlieren, wir müssen nach L.A.! Ich habe beschlossen den Container nach Kolumbien zu verschiffen, meine Familie und ich werden dort untertauchen.“

Fassungslos starrte ihn Mara an, ehe er ein weiteres Wort sagen konnte, drehte sie sich um und fuhr allein mit ihrem M6 weg. Sichtlich unbeeindruckt gab der Anführer dem Lastwagenfahrer den Befehl zum Hafen in Los Angeles zu fahren.

„Einsteigen!" Befahl er Benno. Nach etwa der Hälfte der Strecke brach der Surfer das furchterregende Schweigen.

„Warum haben Sie ihre Tochter ins kriminelle Bizz hineingebracht?" Gute dreißig Sekunden vergingen, ehe der etwa Fünfzigjährige eine Antwort gab.

„Zunächst wollte ich es um jeden Preis verhindern. Doch mit der Zeit wurde sie erwachsener und stellte immer mehr Fragen, als ich sie dann einmal zu einem Kneipentreffen mitnahm, war es völlig um sie geschehen." Da Benno nicht noch tiefer bohren wollte, da er befürchtete mit Betonschuhen im Ozean baden zu gehen, beschloss er es für heute mit weiteren Fragen zu lassen.

In Los Angeles angekommen, beschlossen sie zuerst im Bikerclub nach Mara zusehen. In der Tat, der graue Grand Coupe parkte vor der Hütte, Mara war gerade im Begriff ihre Reisetasche in den Kofferraum zu verfrachten.

„Hey Dad! Gut, dass du auch schon aufkreuzt. Ich werde verreisen. Jedoch nicht nach Kolumbien und auch nicht mit dir! Ich habe genug gespart, um nach Europa zu fliegen."
Um sich von dieser Botschaft erst mal zu erholen, ließ er sich

auf eine rustikale Sitzbank fallen. Es dauerte kurz, bis er sich zu Wort meldete.

„Ich verstehe dich. Meinetwegen lasse ich dich ziehen. Lass aber ab und zu mal was von dir hören. Ach ja! Paris soll um diese Jahreszeit echt schön sein."

Überrascht von seiner Aussage konnte sie es zunächst gar nicht fassen. Dann bekam sie allerdings ihr hübsches Lächeln zurück. Nach einigen Abschiedsfloskeln umarmte sie beiden und gab jeden einen dicken Schmatzer auf die Wange.

Gewissensbisse

Benno konnte vor seinen Problemen und Gedanken nicht einfach so fliehen, immerhin wurde er eben mehrmals mit dem Tod konfrontiert. Zwar hat er per se keinen getötet, jedoch fast. Da er in seiner aktuellen Verfassung sich nicht mit seinen Freunden treffen konnte, beschloss er in einen Tanzclub zu fahren und sich dort ordentlich die Kante zu geben. Da er normalerweise sowieso fast nie in dieser Gegend war, entschied er sich für einen Club in Hollywood.

Sein Motorrad stellte er in einer Seitengasse ab und betrat völlig niedergeschlagen den Tanzschuppen. In der Garderobe gab er seinen Helm ab und betrat im Gedanken versunken den Thekenbereich. Da er mal zur Abwechslung keine Frauen durch seinen Drink beeindrucken wollte, orderte er sich seinen Lieblingscocktail, einen geschüttelten *Violett Fizz*. Paar Minuten später servierte ihm die attraktive Barkeeperin den lavendelfarbenen Drink, verziert mit einer Zitronenscheibe. Er bedankte sich halbherzig und ignorierte ihre Flirtversuche. Während irgendein weltbekannter DJ im Hintergrund Deep House Musik zum Besten gab, kämpfte der Surfer mit Gewissensbissen. Benno spielte mit dem Gedanken, sich zu stellen, jedoch hatte er keinen getötet, und polizeilich wurde er auch nicht gesucht. Er kam zu letztlich zu dem Entschluss, das kriminelle Milieu hinter sich zu lassen.

So ganz versunken in Gedanken bemerkte er recht spät, dass sich in der Zwischenzeit zwei junge Studentinnen sich neben ihm gesetzt haben und ihm hoffnungsvolle und begierige Blicke zuwarfen. Er schaute sie ein paar Mal an und beschloss dann, sich am anderen Ende des Bars zu setzen, um seine Ruhe zu haben. Dort hatte er zwar seine Ruhe vor den zwei stark betrunkenen Studentinnen, jedoch wurde er kurz darauf von einer weiteren jungen Dame angesprochen.

„Hey! Warum so niedergeschlagen?“ Benno überlegte kurz, sich erneut wegzusetzen, entschied sich jedoch dagegen. Immerhin kann es auch nicht schaden, mit jemanden darüber zu reden. Für mehr wäre er sowieso nicht bereit, immerhin hatte er Yissel.

„Ein paar Kumpels haben sich verletzt. Ist mir eigentlich auch egal, aber eine gute Freundin wandert von jetzt auf gleich aus.“

„Kenn ich nur zu gut, ich heiße Anishka, lädst du mich auf einen Drink ein?“

„Klar, ich bin Benno.“ Drückte er sich zögerlich aus.

Mit einer Handgeste signalisierte er der Barkeeperin, dass er noch zwei Cocktails bestellen will. In den Moment, als der Surfer die Drinks entgegennahm, rückte die Frau unauffällig mit ihrem Barhocker näher. Benno bekam davon nichts mit und reichte ihr das Glas.

„Cheers!"

Um den durchtrainierten Halbhawaiianer zu verführen, musste sich Anishka was ganz Besonderes einfallen lassen. Sie nahm ihr Getränk und trank dabei aus dem Strohhalm, dabei schaute sie ihm tief in die Augen und bewegte dazu noch ihre Lippen erotisch. Ehe er seinem Verlangen nachgehen konnte, tippte ihm schon wieder, wer auf die Schulter.

„Was? Welcher Idiot stört mich diesmal?" Fragte er angespannt mit einem aggressiven Unterton.

Doch dieser Gefährte war nicht zum Plaudern hergekommen, Micah, der Freund von Anishka. Der Amateurboxer machte seiner Leidenschaft alle Ehre und versetzte ihm einen gekonnten linken Haken direkt aufs Auge. Der unerwartete Schlag beförderte Benno direkt auf den Boden. Sofort packte ihm die Wut, er sprang auf und machte sich zum Gegenangriff bereit, doch Anishka stellte sich zwischen die Streithähne und erklärte dem Boxer die Situation. Nachdem er Benno noch einmal einschüchterte, machte er kehrt und verschwand mit seiner Freundin in der tanzenden Menge. Infolgedessen eilte die zuvor abgewiesene Barkeeperin mit einem Eisbeutel zu Hilfe.

„Oh mein Gott! Tut es arg weh?" Fragte sie bestürzt.

„Es geht. Sorry noch mal, dass ich dich vorhin gekorbt habe. Ich mach gerade echt viel durch." Sie verzieh Benno, nahm seine Hand und ging mit ihm an die frische Luft. Sie blieben vor einer hell beleuchteten Reklametafel stehen, hier konnte sie das blau geschlagene Auge begutachten.

„Uii! Dein Auge sieht gar nicht gut aus. Wir sollten das mal untersuchen lassen."

„Kommt nicht in die Tüte! Könntest du mich aber bitte nach Hause fahren?" Fragte er wehmütig.

Beim Strandhaus angekommen, wurden sie schon freudig von Josi begrüßt. Nachdem die altruistische Barkeeperin den Surfer ein tiefgekühltes Erbsenpäckchen gab, verabschiedete sie sich und teilte ihm noch mit, dass er jederzeit im Club willkommen sei.

Am nächsten Morgen wurde er unsanft von einem eingehenden Anruf geweckt.

„Yo Taj! Was gibts?"

„Aloha! Kyra und ich sind am Strand. Bock auf eine Down Patrol?"

„Immer doch Dude! Ich bin in einer Minute unten."

Benno legte auf und zog sich einen herumliegenden Hoodie an, daraufhin weckte er Josi und ging mit ihr und seinem türkisen Longboard zum Surfspot, sofort erkannten sie das blaue Auge, Benno blockte allerdings alle Nachfragen diesbezüglich ab und hielt es für das Beste, einfach nur zu surfen. Seine Freunde erkannten, dass es sich nicht lohnte noch weiter nachzuhaken. Sie schlüpften in ihre Wetsuits und paddelten hinaus. Da sie noch auf eine geeignete Welle warteten, wollte Kyra den Moment nutzen und Benno etwas Wichtiges mitzuteilen.

„Ehm, du Benno ich muss dir da was sagen."

„Okay? Um was geht es den ... warte kurz! Da kommt eine Mörderwelle! Die schreddern wir!"

Betrübt über die Unterbrechung, aber dennoch erfreut über die Welle machte sie sich bereit, die Welle mit ihren Freunden zu surfen. Mit dem Shakagruß und lauten Freudenschreien ritten sie die Welle lässig.

„Yo Dude! Erzähl, wie läufts in der Liebe?" Erfragte Taj neugierig.

„Ich habe da letztens eine kennengelernt. Ich weiß aber nicht, ob sie mich wieder sehen will."

„Warum das? Solange du das blaue Auge von ihr hast, solltest du es einfach probieren. Es kann immerhin nicht mehr schlimmer werden, Bro!"

Benno sah ein, dass sein Freund unter Umständen recht haben musste, er wählte sofort ihre Nummer und rief sie an, doch anstatt der süßen Stimme von Yissel hörte er nur den roboterhaften Anrufbeantworter. Enttäuscht lehnte er sein Surfbrett an die Hausfassade und schlüpfte in seine Arbeitsklamotten. Kyra kam leider zu spät aus dem Wasser und so konnte sie sich nicht mit Benno unterhalten.

Auf den Weg zu G-Dawg überlegte er sich, ob und was er bei ihren letzten Treffen falsch gemacht hätte. Eventuell hätte er sie nicht einfach so stehen lassen sollen. Das er einfach so mit einer gut aussehenden Blondine in die Nacht fuhr, machte das auch nicht besser. Seine letzte Hoffnung war sein Freund und Chef, der alte Charmeur wusste bestimmt, was zu tun war. Um sich bei G-Dawg für die letzten Fehltage zu entschuldigen, hielt er kurz bei einer Tankstelle stehen und kaufte ihm eine Coladose. Mit so einem Softdrink konnte er meistens positiv gesinnt werden. Und wirklich, Benno behielt recht und konnte sogar einen wertvollen Datingtipp ergattern.

Nach dem angenehm harten Arbeitstag setzte er den Ratschlag ohne Umwege um, das heißt bis auf einen Umweg. Um die Gunst der Dame zurückzugewinnen, musste er noch Blumen besorgen, da er es aber nicht übertreiben wollte, beschloss er ihr nur eine einzelne Rose zu schenken, fast wie in „*Der Bachelor*“.

Im Blumenladen kaufte er dennoch einen Strauß, durch die Motorradfahrt würden sicherlich einige beschädigt werden. Vor ihrem Appartement wählte er dann die schönste aus und verschenkte dir restlichen Blumen einer vorbeigehenden alten Dame. Bevor er bei Yissel klingelte, richtete er seine Haare zurecht und atmete tief ein. Dann drückte er den Taster und ging einen halben Schritt zurück.

„Benno! Was machst du hier? Ich weiß nicht, ob ich dich sehen will.“

„Das versteh ich. Lass es dir erklären. Mara, die Blondine aus der Bar, war eine Arbeitskollegin. Mittlerweile ist sie aber ausgewandert. Die ganze letzte Zeit habe ich nur an dich gedacht. Gibst du mir noch eine Chance?“ Mit einem unschuldigen Welpenblick streckte er ihr die coral-farbene Rose entgegen.

Yissel konnte ihre Gefühle nicht länger zurückhalten und fiel ihm in die Arme. Sie nahm sich ihre Jacke vom Kleiderständer, sperrte ihre Wohnung zu und ging mit dem Surfer zu seiner Brixton.

„Ich weiß, eine einzige Blume rechtfertigt nicht mein Verhalten, deswegen habe ich einen Tisch in einem angesagten Seafood Restaurant reservieren können.“

„Also eigentlich ist die Sache vergessen, aber zu Essen sag ich niemals Nein.“ Ehe sie ihre Helme aufsetzten, küssten sie sich diesmal mit noch viel mehr Leidenschaft als damals am Strand.

Der Oktopus war ein mittelgroßes, fünf Sterne Restaurant im Nobelviertel von Los Angeles. Am Eingang wurden sie nach dem Namen gefragt und anschließend zu einem Tisch für zwei mit Aussicht aufs Meer geführt. Die hauseigene Band spielte Always von Bon Jovi und zu all dem stellte ein Kellner eine Kerze zwischen das Liebespärchen. Die Frage des Getränkewunsches erübrigte sich schnell. Überheblich wie immer bestellt der junge Surfer den teuersten Rotwein des Hauses.

„Wie schmeckt dir der Hummer?“ Wollte er neidisch wissen.

„Exzellent, diese Mahlzeit ist vorzüglich und der Wein hat einen nussigen Abgang. Erinnert mich an eine Kokosnuss.“ Antwortete sie ihm mit einem breiten Grinsen.

„Oh! Ich merke schon eine waschechte Sommelière.“ Gefolgt von einem Zwinkern, daraufhin konnten sie es nicht mehr zurückhalten und lachten gemeinsam laut drauf los.

Die Hauptspeisen, die Schoko-Eclairs und der Cabernet Sauvignon machten zusammen einen Endbetrag von guten 600$. Da die beiden nicht gerade so aussahen, als hätten sie mehr als zwanzig Dollar einstecken, warfen ihnen die anderen Gäste herablassende Blicke zu, dies änderte sich aber schleunigst, als er dem Aushilfskellner ein überaus großzügiges Trinkgeld gab. Mit lobendem Wort an den Chefkoch verließen sie den Gourmettempel.

Bevor sie jedoch zum Motorrad gingen, schlenderten die zwei noch auf der Promenade entlang. Bei einer fahrenden Eisdiele kauften sie sich einen Eisbecher und lauschten der Musik eines Straßenmusikers. Der Künstler hatte ein paar zerzauste Klamotten, einzig der Filzhut für die Spenden war fast ohne Löcher. Yissel schmiegte sich aufgrund der Geigenmusik abermals an Benno, da er so oder so mit dem alten Mann Mitleid hatte, legte er ihm einen Hundert-Dollar-Schein hinein. Normalerweise war ein nicht so leichtsinnig mit Geld, doch unterbewusst wollte er dieses dreckige Geld nicht haben, lieber verdiente er einen Bruchteil der Gangaktionen und hatte nicht das Gefühl, das dafür Leute draufgegangen sind.

Wieder am Heimweg summten sie beide das eben gehörte Lied. Bei Yissels Apartment angekommen, nahm er ihre beiden Hände und schaute sie zartherzlich an.

„Sweetheart! Ich will es nicht vergeigen mit dir, also muss ich mich leider für heute verabschieden."

„Das weiß ich zu schätzen. Übermorgen schon was vor?"

„Nope. Ich habe von G-Dawg frei bekommen, ich habe schon eine Idee, was wir machen."

„Freu mich schon, verrätst du mich auch, was wir machen?“

„Wird eine Überraschung, du solltest dir aber Wanderschuhe anziehen.“ Glücklich verabschiedeten sie sich mit einem Kuss und verspürten in der Sekunde danach sofort eine gewisse Sehnsucht.

Zuhause angekommen, schnappte er sich Josi und machte mit ihr einen Spaziergang. Mit etwas Glück wären seine Freunde in der Bar und er könnte mit jemanden über seine Gefühle reden, doch zu seiner Enttäuschung waren Taj und Kyra schon längst zu Hause. Als er so bei der *Landlord-Bar* vorbeiflanierte, fiel ihm ein, dass Kyra über etwas reden wollte. Er holte sein Smartphone aus seiner Hosentasche und scrollte zu Kyras Profilbild, im letzten Moment brach er jedoch den aufbauenden Telefonanruf ab.

„So wichtig kann es ja nicht sein, sonst hätte sie mir ja eine Nachricht geschrieben. Stimmts Josi?“ Nach einer kurzen Gassirunde kehrte er wieder im Strandhaus ein und haute sich aufs Ohr.

Zwei Tage später wachte er so energiegeladen auf wie nie zu vor. Am Vortag konnte er abermals nicht mit seiner besten Freundin plaudern, mittlerweile hatte er es aber auch schon vergessen. Endlich, heute würde er seine Liebste wieder treffen. Überglücklich lief er die Treppen hinunter, im Rucksack hatte er ihren Helm, Wasserflaschen und nährreichen Proviant und genau wie bei ihrem zweiten Treff wartete sie bereits vor ihrem Wohnhaus erwartungsvoll auf ihm. Natürlich stieg Benno vom Motorrad ab und begrüßte sie.

Da eine etwa zweistündige Fahrt anstand, tranken beide nochmals aus ihren Getränkeflaschen und machten sich auf den Weg zum *Joshua Tree National Park.* Dort angekommen mieteten sie sich eine Kletterausrüstung und gingen zu einer Felswand. Ehe sie hinaufkletterten, hielten sie kurz inne und betrachteten den atemberaubenden Berg, die karge Wüste im Hintergrund vervollständigte die unberührte Natur. Ab und zu huschten Eidechsen über einen Felsen oder ein Kaninchen hoppelte vorbei.

Nach mehreren gekonnten Handgriffen und Kletterbewegungen befanden sie sich bereits mehrere Meter über den Boden. Die kraftraubende und Adrenalin ausschüttende Tätigkeit beflügelte das Pärchen und ließ sie sich näherkommen. An einem kleineren Felsvorsprung standen sie so dicht aneinander, dass sie die Schweißtropfen des anderen sehen konnten. Die herabscheinende Sonne zwang beide dazu, sich ihre Oberteile auszuziehen, Benno zog sich seinen Pullover aus und hatte darunter nur noch ein Tanktop an, Yissel trug ein Sport-BH. Diesen Moment nutzten sie, sicherten sich mit dem Seil und küssten sich leidenschaftlich. Durch die Anstrengung und des Gefühlsausbruchs spürten sie dabei das Herz des anderen, pochen.

Nach weiteren Höhenmetern machten sie eine Pause, tranken etwas Kühles und ließen die unglaubliche Landschaft auf sich wirken, dabei verspürten sie eine nie zuvor gekannte Zweisamkeit. Sie vergaßen dabei völlig die Zeit, das Pärchen seilte sich erst ab, als sie bereits einen leichten Sonnenbrand verzeichneten.

Um den Tag romantisch zu beenden zu können, cruiste der Surfer mit seiner Freundin den Highway entlang zu seinem Strandhaus. Am Vortag hatte er eine liebliche Atmosphäre mit Rosenblütenblättern und Kerzen vorbereitet, Josi legte er ein Blumenhalsband an und wie bereits erwartet und erhofft war die reizende Studentin natürlich sofort hin und weg. Bevor sie sich mit einem ausgedehnten Zungenkuss bedankte, kraulte und streichelte sie die zutrauliche Hündin. Am Balkon köpften sie eine Flasche Rotwein aus Frankreich.

„Danke schön für den wunderbaren Tag.“ Flüsterte Yissel lieblich.

Unter einer Wolldecke kuschelten sie sich dicht aneinander und philosophierten gemeinsam über Gott und die Welt. In dieser Sommernacht kamen sie sich nicht nur emotional näher zu späterer Stunde auch körperlich.

Am nächsten Morgen hatten sie schon eine weitere Tätigkeit geplant. Mit Taj und Kyra unternahmen sie einen zweiten Bootsausflug, diesmal allerdings ohne beziehungszerstörende Trinkspiele. Um Josi nicht schon wieder allein zu lassen, durfte sie heute mitfahren. Den Weg zum Pier mussten sie zu Fuß erledigen, immerhin konnten sie die Hündin schwer mit dem Bike mitnehmen.

Im Yachthafen bereiteten die Freunde bereits die *Italian Laura* zum Ablegen vor. Da sie sich noch nicht kannten, stellte Benno seine Freunde und seine Freundin einander vor. Sofort bekam jeder an Board ein Bier und das Schnellboot, gesteuert von Taj, verließ den Hafen. Das vierzehn Meter lange Boot fuhr diesmal viel weiter raus aufs offene Meer. Immerhin mussten die zwei Männer noch das Mittagessen angeln, natürlich hatten die Mädels ebenfalls die Möglichkeit zu fischen, doch diese spielten lieber mit Josi und plauderten miteinander. Taj und Benno saßen in Campingstühlen am Heck und genossen das rhythmische Schaukeln der Wellen. So gegen zwölf Uhr grillten sie bereits die gefangenen Fische. Kyra hatte in der Früh Brot als Beilage besorgt.

„Ein leckeres und kostengünstiges Mittagessen!“ Bemerkte Yissel.

„Natürlich abgesehen von den Angelruten, Treibstoff und nicht zu vergessen das achthundert PS starke Schnellboot.“ Antwortete Taj mit einem breiten Grinsen. Die Freunde verbrachten den Nachmittag gemütlich mit UNO spielen und Corona trinken.

Mit dem Sonnenuntergang fing der Partyteil des Ausflugs an. Taj präparierte den Tisch für Beerpong. Mittels Los entschiedenen sie, wer in welchem Team war. Zum Glück landete Taj nicht wieder mit Bennos Freundin in einem Team, so kam es also, dass Yissel und Benno gegen die anderen spielten.

„Wir werden euch easy schlagen, immerhin ist sie Studentin!“ Prallte der Halbhawaiianer.

„Ha! Dass ich nicht lache, ihr vergesst wohl, dass ich Barkeeper bin.“, konterte Taj.

Doch nach der zweiten Runde mussten sie das Feiern abbrechen. Das sonst warme Wetter schlug blitzartig um und es begann zu regnen, um nicht in einen Sturm zu geraten, beschlossen sie, dass es wohl das Sinnvollste sei, wieder in den Yachthafen zurückzukehren. Nach dem Befestigen der Taue verabschiedeten sich die vier. Taj setzte das Liebespärchen beim Strandhaus ab und chauffierte schließlich auch Kyra nach Hause.

Um den regnerischen Abend vollends nutzen zu können, zauberte Yissel zwei warme Kakaotassen mit Marshmallow darin, dazu garnierte sie den Milchschaum mit einer Brise Zimt. Zu dritt saßen sie nun auf dem Sofa und hörten den prasselnden Regentropfen zu. Irgendwann pustete Benno die

Kerze aus und schlief gemeinsam mit den anderen auf der Couch ein.

Gemischte Gefühle

„Einen wunderschönen guten Morgen gut geschlafen?"

„So gut wie noch nie my Love. Waffeln?" Nickend schaute sie ihm in seine Augen und versprühte eine herzliche Zufriedenheit.

Während des Frühstücks überlegten sie, was sie heute unternehmen würden. Doch nach einem erneuten prüfenden Blick auf den Kalender sprang Benno mit so einer Wucht auf, dass der Sessel nach hinten umfiel. Die freien Tage seien vorüber, im ganzen Liebeswahn vergaß er völlig, dass er heute wieder arbeiten müsse, sofort bot sich Yissel an, den Haushalt zu schmeißen. Erst zögerte der Surfer, da ihm die Situation doch allzu vertraut sein. Anderseits wusste er auch, dass das mit der Sängerin, was ganz Besonderes sei.

„Einverstanden, eine Straße weiter ist ein guter Burgerladen, falls du Hunger bekommen solltest und ruf an, wenn ein Problem entsteht."

Wie in einer zwanzigjährigen Ehe verabschiedete er sich rasch mit einem Kuss auf die Stirn und verließ hastig das Haus, etwa fünf Sekunden später öffnete sich die Eingangstüre und er kam wieder zurück. Er eilte zielstrebig zu Yissel, nahm sie in den Arm und küsste sie, als hätten sie sich seit zehn Jahren nicht mehr gesehen.

„Dafür muss immer Zeit sein, bye!"

Im Pausenraum angekommen, erzählte er ohne Umschweife von seinem Wochenende mit Yissel.

„Freut mich echt für dich, allerdings hats nicht nur vor deinem Haus geregnet. Wir haben hier viel zu tun auf, gehts an die Arbeit Jungs!" Efraim und Benno befolgten den Befehl von G-Dawg und machten sich ans Werk.

Während dessen verbrachte Yissel ihren Tag damit, am Strand das Surfen zu üben. Obwohl sie dabei mehr im Liegestuhl lag, ein Buch las und Josi streichelte. Ein vorbeijoggender Rettungsschwimmer bot ihr seine Hilfe an. Zuerst misstrauisch ihm gegenüber entschied sie sich allerdings doch für die kostenlose Surfstunde. Wenn alles gut lief, konnte sie am Abend gemeinsam mit Benno surfen gehen.

Im Laufe der Surfstunde erfuhr der gut aussehende Rettungsschwimmer Duncan, dass Yissel vergeben sei. Normalerweise würde er davor nicht zurückschrecken, doch als die Studentin erwähnte, dass es sich dabei um Benno Moana handle, stellte er alle Anbaggerungsversuche ein. Die beiden Jungs gingen damals auf dieselbe Schule, seither surfen und trinken sie so einmal im Monat miteinander. Außerdem konnte er immer bei Benno pennen, wenn er mal wieder zu betrunken war, um nach Hause zu finden. Nach unzähligen anstrengenden Übungsversuchen war Yissel in der Lage, eine ganze Welle auszusurfen.

Als Benno am Abend von der Arbeit nach Hause kam, wartete nicht seine Freundin auf ihn, die Studentin besorgte nämlich gerade etwas zum Abendessen, stattdessen saß Kyra auf den Stufen und bat den Surfer, sich neben sie zu setzen und endlich über etwas Wichtiges zu reden.

„Yo, was gibts Kyra? Sorry, dass wir nicht früher reden konnten."

„Ey, Schwamm drüber! Ich weiß nicht, wie ich anfangen soll. Ach egal, ich sag es einfach ... mein Freund hat mit mir Schluss gemacht, das Ding mit der Entfernung haute einfach nicht mehr hin."

Wie jeder gute beste Freund umarmte er sie und tröstete sie. Da Kyra nicht mit so einer empathischen Reaktion rechnete, kullerten ihr sogar ein paar Tränen über die Wange. Von ihren Gefühlen vollkommen überfordert, küsste sie Benno, auf diesen Kuss wartete er schon sein ihrem ersten Treffen, doch er war jetzt mit Yissel zusammen. Apropos

Yissel, sie bog eben um die Ecke, als sie die beiden auf den Stufen sah. Von der Situation überrascht, kehrte sie mit Josi wieder um und auf einer Sitzbank weinte sie fürchterlich drauf los. Sie hatte noch nie zuvor so für jemanden empfunden und jetzt so etwas.

Doch völlig überraschend brach Benno den Kuss ab und erklärte Kyra, dass das mit der Sängerin was Besonderes sei, vielleicht war sie *„die Eine"*. Nachdem die beiden Freunde einige Minuten über das Thema plauderten, hatte sich Yissel wieder gefangen und stellte ihn nun zur Rede. Kyra nahm die Schuld auf sich und erzählte ihr die ganze Wahrheit. Überglücklich, dass er sie nicht betrogen hatte, umarmte sie ihren Freund. Als Wiedergutmachung lud Kyra das Liebespärchen auf einen Drink ein. Da Taj in einer halben Stunde Feierabend hätte, entschieden sie sich noch eine Runde zu surfen, Yissel überraschte die Crew, als sie mit ihnen eine Monsterwelle surfte.

„Also ich muss gestehen, Duncan hat es echt drauf! Und das hast du alles heute gelernt?" Stolz brüstete sich die Studentin und wollte gleich ein weiteres Mal.

Da die Freunde bei ihrer Bootsfeier vom Regen unterbrochen wurden, holten sie die Party an jenem Abend im Strandhaus nach. Zum größeren Alkoholvorrat hatten sie auch noch die bessere Musikanlage und die übelwerdenden Schiffschaukeln fiel ebenfalls weg.

Am darauffolgenden Tag wurden sie von Bennos Telefon geweckt. Der unbekannte Anrufer riss die verkaterten Surfer aus ihrem Tiefschlaf.

„Wer ruft dich denn um sechs Uhr in der Früh an? Fragte Taj mürrisch.

„Aloha, Moana hier!“

„... ich habe eine letzte Aufgabe für dich, es würden fünfzigtausend Dollar für dich rausspringen. Wenn du Interesse hast, weißt du wo du mich findest.“ Ohne sich zu verabschieden, legte die tiefe und rauchige Stimme wieder auf.

Benno ging kurz in sich und überlegte, ob das viele Geld den Trubel wert sei, er könne es sich mal anhören, was der Biker zu sagen hatte. Mit einem Schmatzer auf Yissels Lippen verabschiedete er sich und fuhr mit der Brixton zum Motorradclub. Im Gebäude war um diese Zeit nicht viel los. Zwei Barkeeper putzten die Tanzfläche und den Tresen. In einer finsteren Ecke saß der Biker und wartete bereits mit einer Dose Energiedrink auf den jungen Halbhawaiianer.

„Okay, wie gesagt ein letzter Job! Du erinnerst dich bestimmt noch an meinen gelben Ford GT, die Cops haben den beschlagnahmt und jetzt steht er in einer Verwahrungsstelle. Ich bring dich nach Oakland, du stiehlst die Karre und bringst sie zum Club. Noch Fragen?“

„Ich bin nur dabei, wenn wir keinen Weiteren umbringen oder verletzten!“

„Einverstanden! Dann nimm dir einen Kaffee und wir fahren gleich los.“

In Oakland angekommen, buchten sie sich ein Zimmer im selben Motel wie letztens, schließlich konnten sie nicht mitten am Tag dort einbrechen. Nachdem der Biker das Zimmer im Voraus bezahlte, überreichte er ihm die Schlüssel des Sportwagens und wünschte ihm viel Glück.

Den Nachmittag nutzte Benno in dem er die Fluchtroute einstudierte und sich mit den Sicherheitsvorrichtungen vertraut machte. Da er zuvor noch nie mit so einem exquisiten Auto fuhr, spielte er am Smartphone einen Fort GT -Simulator. Das Eindringen in die Verwahrungsstelle war eigentlich simpel. Über den Stacheldrahtzaun legte er sich eine Lederjacke und konnte somit unbeschadet darüber klettern, allerdings, das Rausfahren mit dem beschlagnahmten Wagen würde schwierig werden. Mit etwas Glück würde der Sportwagen unter dem Schranken durchpassen. Wenn es wirklich so einfach ginge, würde er nicht mal Staatseigentum beschädigen. Die Polizeiautos würde er locker abhängen. Also was solls. Ab und zu kamen in ihm Zweifel auf, doch nach kurzem Visualisieren der Entlohnung verdrängte er die Möglichkeit, geschnappt zu werden.

Da sich das Motel nicht weit weg vom Schauplatz befand, schlich er sich zu Fuß hin. Vorm Maschendrahtzaun zog er sich seine Handschuhe an und warf die Lederjacke über den Stacheldraht, dann vergewisserte er sich, ob er denn den Schlüssel dabeihätte und begann, über die Barriere zu klettern. Ganz ohne Taschenlampe fand er mithilfe des Mondscheins den gelben Wagen, vorsichtig startete er den V8. Mit quietschenden Reifen fuhr er los und tatsächlich, der flache Wagen passte haarscharf unter den Schrankenbaum hindurch. Ehe der Wachmann realisierte, was da eben vor sich ging, bog Benno schon in eine Seitengasse ein. Kurze Zeit später befand er sich auf dem Highway. Da er noch nicht verfolgt wurde, hielt er sich ans Tempolimit, um nicht wegen erhöhter Geschwindigkeit zusätzliches Aufsehen zu erwecken. Während der kompletten Autofahrt war er hellwach, fast schon paranoid, immer wieder schaute er in den Rückspiegel und hielt Ausschau nach Streifenwagen. So gegen vier Uhr in der Früh erreichte er ohne Zwischenfälle den ausgemachten Treffpunkt. Der Biker wartete bereits mit einer prallen Ledertasche vor dem Clubeingang.

„Gratuliere! Hier das versprochene Geld. Außerdem wollte ich mich noch bei dir bedanken, dass du so gut auf meine Tochter aufgepasst hast."

„Kein Problem. Wenn ich fragen darf, was machen Sie jetzt?"

„Ich kann leider nicht mehr in L.A. bleiben. Den GT schick ich mit einem Container nach Europa, ich tu es Mara gleich und flieg mit meiner Freundin zu ihr, nichts geht über die Familie! Halt die Ohren steif Junge!“ Mit einem kräftigen Händedruck verabschiedeten sich die zwei auf Nimmerwiedersehen.

Benno schlüpfte durch den Schultergurt der Sporttasche und fuhr nach guten vierundzwanzig Stunden wieder heim. Leise betrat er das Wohnzimmer, doch sofort nach den ersten Schritten schlug Josi Alarm und bellte ihn an. Selbstverständlich konnte er sie beruhigen, leider zu spät halbverschlafen stand Yissel bereits im Türrahmen und war sichtlich erleichtert, dass er wieder zurückkam.

Er brühte sich eine Tasse Kaffee und chillte sich gemeinsam mit seiner Freundin auf die Hollywoodschaukel, dort erzählte er ihr die ganze Geschichte mit Mara und ihrem Dad. Zum Schluss holte er die Ledertasche hervor, öffnete sie und zeigte ihr das viele Geld, ein kurzes Schweigen trat ein, einzig Möwenlaute war zu hören.

„Ich ahnte schon so was Ähnliches. Ich finde es gut, dass du niemand ernsthaft geschadet hast, zum Glück ist jetzt alles vorbei. Was willst du mit dem Geld anstellen?“

„Natürlich trennen wir uns, ich kauf mir eine Luxusuhr und einen Sportwagen und date irgendein Topmodel.“ Völlig perplex starrte sie ihm einfach nur an.

„Ne Spaß! Du hast mir das eben doch nicht ernsthaft abgekauft? Ich spiel mit dem Gedanken, ein Boot für uns zu kaufen, dann müssen wir uns es nicht immer von Tajs Chef ausborgen.“ Yissel konterte mit einem lieblichen Schlag auf seinen Oberarm und küsste ihm.

„Los, nimm dir einen Kaffee. Es gibt nichts Besseres als einen morgendlichen Strandspaziergang!“

Sie und Benno wateten Hand in Hand den Strand entlang. Nebenbei warfen sie für ein Josi ein Stöckchen damit sie auch ihren Spaß haben konnte.

In den darauffolgenden Tagen recherchierten sie nach einem geeigneten Boot. Schließlich entschieden sie sich für eine karminrote Cobalt 250BR mit fast acht Metern Länge. Mit Anhänger blieben ihm nur noch hundert Dollar. Gemeinsam mit Taj holte er den Bowrider aus Anaheim. Mit dem restlichen Geld kaufte er Treibstoff und Bier. Das Wetter sollte auch angenehm werden, also sprach nichts gegen ein Wochenende auf hoher See.

Das Leben geht weiter

„Hey Yissel, willst du auch mit surfen kommen? Taj und ich fahren gleich zu einen supergeheimen Surfspot.“ Fragte Benno, währenddessen er sein Surfboard mit Wax einrieb.

„Nope! Ich mach mit Josi einen Spaziergang auf der Promenade.“

Enttäuscht, weil sie schon wieder von einem gemeinsamen Abenteuer fernblieb, verstaute er sein Board in der Tasche und verließ mit einem lauten Türknall das Strandhaus, genau im richtigen Moment drudelte auch schon Taj mit seinem Geländewagen ein. Im Kofferraum hatte er seine zwei Boards angebunden und eine Kühlbox mit ausreichenden Erfrischungen ebenfalls.

„Yo Dude! Was geht?“

„Yo, geht so! Benno verlud seine Boardtasche und stieg ein. Nach dem üblichen Bro-Gequatsche konnte er sich nicht mehr halten. Taj erzählte gerade irgendetwas über einen Surfwettkampf, da unterbrach Benno ihm und sagte ihm, dass es mit Yissel irgendwie nicht mehr so gut harmoniert.

„Mach dir doch nicht so viele negative Gedanken, Bro! Dafür leben wir einfach zu kurz, am besten, du redest am Abend mit ihr.“ Meinte Taj, ohne lange nachzudenken.

Mit einem zustimmenden Kopfnicken genoss Benno weiter den angenehmen Fahrtwind in seinem Gesicht. Nach einer längeren Fahrt Richtung Norden erreichten die beiden Surfer ihr Ziel, eine kleine, abseitsliegende Bucht mit wunderschön brechenden Wellen, lediglich ein alter VW-Bus stand am Strand. Der Besitzer surfte dort ganz allein die herrlichen Barrels. Ein wahrhaftiger Geheimtipp. Taj stellte den SUV neben den gelben Bulli ab, und die jungen Surfer fingen an, sich für ihre Surfsession vorzubereiten. Nach den üblichen Dehnübungen zogen sie die Wetsuits an und paddelten raus, mit dem für Surfer typischen Shaka-Handzeichen begrüßten sie den anderen Surfer. Es dauerte nicht lange, da tauchte auch schon eine Mörderwelle auf, und die drei Sportler machten sich bereit.

„Let´s Go!“, sie drückten sich mit ihren Armen auf und hüpften zeitnah auf Board auf. Sofort hatten die beiden die Kontrolle übers Brett und surften mit ausreichend Abstand die Welle.

„Sick! Das war mal eine Hammerwelle, gleich beim ersten Mal so ein Ride!“ Sagte Benno zu seinem Freund, als sie sich wieder am Strand befanden.

Sie hingen noch acht weitere Runden an, ehe sie sich wieder auf den Heimweg machten. Langsam verschwand die Sonne, und die Nacht brach an. Als Taj seinen Buddy zu Hause absetzte, konnte man bereits die ersten Sterne erkennen. Völlig erschöpft vom actionreichen Nachmittag ließ sich Benno wie ein nasser Sack aufs Sofa fallen, nach wenigen Minuten stillem Dasitzen stellte er sich die Frage, wo den seine Freundin sei.

„Yissel? Babe, bist du da?" Rief er ziellos durchs Haus. Auch Josi war nirgends zu sehen.

Er zog sich seine Vans an, ging die Holztreppen hinunter und joggte gemäßigt zur Promenade. Nachdem er einige Hundert Meter lief, erblickte er seine zwei Lieblingsmädchen und er wurde schneller. Mit einem erleichternden Lächeln umarmte er zuerst Yissel, dann Josi.

„Das muss aber ein langer Spaziergang gewesen sein, ich war mehrere Stunden weg." Yissel nickte und antwortet gleich darauf.

„Genau, ich musste mir über einiges klar werden, ich glaub, es ist notwendig, dass wir über unsere Beziehung reden."

„Find ich auch beim Surfen konnte ich meine Gedanken ordnen. So kann es nicht weitergehen."

Sie setzten sich auf den Sand, mit Blick aufs offene Meer unterhielten die beiden sich seit Langem wieder tiefgründig. Josi wurde währenddessen von Benno gestreichelt.

„In den letzten Wochen stagniert unsere Beziehung irgendwie, oder?"

„Nun ja, in den letzten Wochen bist du ziemlich oft mit Taj surfen.“

„Stimmt!“ Antwortete Benno kleinlaut. In den darauffolgenden Minuten schwiegen sie nur und hielten auch nicht wie sonst üblich, Händchen, dann ergriff Yissel wieder das Wort.

„Ich glaub, du musst dich entscheiden, entweder Surfen oder ich auf eins musst du wohl oder übel verzichten!“

„Gibt es den keinen Kompromiss?“, hackte der leidenschaftliche Surfer nach.

„Nein!“

„Findest du das Fair? Dann werde ich mich wohl für meine Leidenschaft entscheiden!“ Unterbewusst kannte Yissel die Antwort schon.

„Dann trennen sich unsere Wege hier, ich pack nur noch meine Sachen ein.“ Beide hatten bei der Verabschiedung spät nachts Tränen in den Augen.

„Bye, ich hoffe, du findest irgendwann mal die Richtige!“ Gemeinsam mit Josi schaute er vom Balkon aus zu, wie die junge Frau sich immer weiter wegbewegte.

Benno verharrte noch eine Weile an der frischen Luft, ehe er wieder hinein ging und das Essen für die Hündin und sich zubereitete. Mit einer kurzen Textnachricht teilte er seinen besten Freunden mit, dass Yissel und er Schluss gemacht hätten, es dauerte nicht lange, bis Taj in die gemeinsame Chatgruppe den Vorschlag eins spontanen Treffs auf ein gemeinsames Bier unterbreitete. Kyra stimmte ebenfalls zu, und sie beschlossen sich in fünfzehn Minuten bei ihrer Lieblingsbar zu treffen. Benno leinte Josi an, nahm seinen Rucksack und schlenderte mit ihr zum Treffpunkt. Da Taj die meiste Zeit surfen oder in der Bar arbeite, hatte er in den letzten Monaten eher weniger Dates, doch diese Einbußen hatten einen tieferen Sinn, er hoffte ja, dass er der Crew heute die gute Nachricht mitteilen konnte.

Kyra und Benno trudelten zeitgleich ein. Nach der Begrüßung machte der Barkeeper Feierabend und setzte sich mit drei Biere und einer Schüssel Wasser zu seinen Freunden. Da es unter der Woche war, saßen auch nicht allzu viele Gäste in der Strandbar.

„Echt Schade, das mit Yissel, aber du kommst bestimmt darüber hinweg, immerhin sind wir noch jung!“, meinte Kyra mit voller Empathie. Innerlich verspürte sie allerdings ein Gefühl von einer sich bietenden Chance und Erleichterung.

„Danke schön! Ich bin euch echt dankbar, auf euch kann man sich immer verlassen.“

„Cheers!“ Sie stießen auf gute Veränderungen an.

Die drei Freunde quatschten noch ein wenig über Yissel, doch im Laufe des Abends schweiften sie langsam ab und Taj konnte seine Neuigkeiten kundtun.

„Ehm Leute ... Wenn wir grad beim Thema Surfen sind, ich muss euch was erzählen.“

„Was gibts denn Taj?“ Hackte Benno nach.

„Vor guten acht Monaten hatte ich mich aus Jux bei einem neuartigen Surfer Wettkampf angemeldet, so richtig mit Video und Anschreiben.“ Kyra unterbrach ihn und wollte wissen, ob er denn teilnehmen darf, sie konnte selten so viel Spannung vertragen. „Leider nicht ... Taj zog zuerst ein langes Gesicht, bevor ihm das Lachen überkam. Ne, Spaß, Leute! Natürlich vor fünf Wochen habe ich den Teilnahmepass bekommen und trainiere seitdem jede freie Minute.“

„Das ist ja wunderbar! Wann ist es so weit?“ Fragten seine Freunde gleichzeitig.

„In zwei Wochen!“ Antwortete Taj aufgeregt, dann folgten noch die wichtigsten Facts, wie zum Beispiel Preisgeld, Austragungsort ...

Am nächsten Morgen trafen sich die drei Jugendlichen mit dem Wissen, dass Taj für einen Wettkampf trainierte, konnten sie ihm Tipps und Motivation liefern.

„Heute sind die Waves echt gnarly, also aufpassen, Jungs!“ Meinte Kyra beiläufig, während sie sich ihren Wetsuit anzog. Die Warnung wurde von den beiden Surfern allerdings nur belächelt und sie liefen gegen die brechenden Wellen. Kopfschüttelnd tat es ihre beste Freundin gleich.

„Yeeeew!“ Voller Vorfreude paddelten sie raus, so fokussiert, dass sie nicht bemerkten, dass die Rettungsschwimmer eine Wetterwarnung aushingen.

Und los ging es, mit einem gekonnten Duckdive tauchten sie unter den ersten Wellen durch. Ein Beginner hätte wahrscheinlich eine der Wellen gewählt, doch für die Crew waren diese eindeutig zu klein, dann näherte sich eine größer, größer als jene, die sie heute zu Gesicht bekamen, ein Blick reichte und sie wussten es, das ist die Welle. Die Surfer machten sich bereit und sprangen kurz darauf auf ihr Board, mit Elan und Ehrgeiz surften sie die durchaus schwierige Welle.

„Für eine weitere habe ich noch Zeit!“ Rief Benno den anderen zu. Ein paar Minuten später hielten sie wieder nach einer geeigneten Welle Ausschau.

„Yo! Die da hinten sieht echt gewaltig aus!“ Meinte Taj. Zögerlich antwortete Kyra:

„Die ist etwas zu gefährlich, oder?“ Taj verneinte und richtete sich in Position. Weil Benno und Kyra nicht als Angsthasen dastehen wollten, taten sie es ihm gleich.

Taj und Kyra konnten ohne Probleme aufspringen, doch Benno verlor nach wenigen Sekunden das Gleichgewicht und fiel in die brausende Welle. Aufgrund der gigantischen Wassermengen, die sich wild durcheinander bewegten, strauchelte er ordentlich, nach etwa dreißig Sekunden konnte er in der

Nähe des Strandes wieder auftauchen. Die anderen zwei Surfer, welche sich bereits am Ufer befanden, eilten sofort zu Hilfe.

„Alles in Ordnung, Bro?“ Erkundigte sich Taj. Benno hustete viermal und holte anschließend tief Luft, ehe er mit einem Daumen-rauf antwortete.

Nun, da Benno arbeiten und Kyra in der Stadt etwas erledigen musste, verabschiedeten sie sich von Taj und ließen ihm am Strand allein weiter trainieren. Mittlerweile wachte aber schon ein Rettungsschwimmer über den Strandabschnitt und der Wind ließ ebenfalls schon nach. Bevor Taj ein weiteres Mal rauspaddelte, schloss er seine Augen und visualisierte den Surfvorgang im Gedanken, dann bedankte er sich beim Surfergott Huey und machte weiter. Nun übermannte ihm das Runners-high, er surfte eine Welle nach der anderen. Stunden später erst erkannte er, dass es gleich Mittag sei, er packte seine Sachen und schlenderte ins Strandhaus von Benno. Jeder der Crew hatte einen Schlüssel und die Erlaubnis jederzeit vorbeizukommen.

Camilla

Er hing seinen durchnässten Neoprenanzug auf das Terrassengeländer und brühte sich einen Kaffee. Mit dem Thermobecher in der einen und Josis Leine in der anderen Hand ging er am Strand spazieren. Plötzlich blieb er abrupt stehen, gespannt schaute er ihr zu, wie sie die Welle nahezu perfekt surfte und anschließend an den Strand lief.

Die ungefähr zwanzigjährige Frau steckte ihr pinkes Board in den Sand und zog sich elegant und beinahe in Zeitlupe ihren Wetsuit aus. Währenddessen sie sich ihren Batik-Hoodie überstreifte, nahm Taj all seinen Mut zusammen, schlenderte zu ihr und sprach sie an.

„Sorry, aber ich habe dich grad gesehen, und ich musste dich einfach ansprechen. Aloha, ... Ich bin Taj." Mit ausgestreckter Hand hoffte er nun auf eine positive Reaktion ihrerseits. Sie musterte ihn kurz, verfing sich in seinen Augen, verharrte und antwortete mit einem zuckersüßen Lächeln.

„Hey! Danke schön. Ich bin Camilla, freut mich, dich kennenzulernen."

Völlig perplex von der überraschenden Entgegnung von der blonden Frau blieb ihm nichts anderes übrig, als ihr wieder tief in die haselnussbraunen Augen zu blicken. Sie vergaßen den Strand, den Ozean, die anderen Badegäste und führten den innigen Blick sicherlich eine Minute lang fort, doch dann kicherten beide und die Situation war für außenstehende ganz klar Liebe auf den ersten Blick.

„Seltsam, so etwas habe ich noch nie erlebt. Sag, surfst du auch?"

„Hmm ... Mir auch noch nicht. Ja, bis vor etwa einer halben Stunde habe ich noch weiter unten am Strand trainiert."

„Trainiert? Sag nicht, dass du ebenfalls beim Best-Surfer-Cup teilnimmst." Verblüfft nickte Taj. Nun, da beide jetzt wissen, dass sie dieselbe Leidenschaft teilten, fanden sie sich gleich noch viel sympathischer.

Camilla packte ihre Sachen und ging mit Taj zum Parkplatz, er erkannte seine Chance und nahm ihr wie ein echter Gentleman ihre Tasche ab, die Boardbag versteht sich. So wie der Surfer ihr die Last abnahm, errötete sie und verspürte angenehme Wärme und ein leichtes Prickeln auf der Haut. Nachdem sie bei einigen typischen Surferautos vorbeigingen, kamen sie bei einem schwarzen Porsche Cayenne zum Stehen.

„Oha, das ist nicht gerade das Auto, welches ich mir von einem Surfergirl vorgestellt hab! Wie kommts?" Fragte Taj neugierig.

„Ach, den hat mir mein Dad zu meinem ersten Surfwettkampf gekauft."

„Respekt, dann muss ich mich ja echt anstrengen beim BSC.“ Bemerkte er schmunzelnd. Mit vereinten Kräften verluden sie das Brett und den Neoprenanzug.

Sie verabschiedeten sich mit einer innigen Umarmung. Wie von einer Muse geküsst, stand Taj einfach nur da, jedoch wurde er von der heruntergelassenen Fensterscheibe unterbrochen. Camilla hielt ihm ihre Hand mit einer violetten Visitenkarte hin und mit einem Zwinkern fuhr sie hinfort. Der glückliche Teenager konnte seine Selbstzufriedenheit nicht mehr länger unterdrücken und ihm wuchs ein breites Grinsen über beide Ohren, sofort holte er sein Smartphone aus der Shorts und tippte rasch ihre Nummer und ihren Namen mit einem Herzen ein.

Er beendete die ausgedehnte Gassirunde mit Josi und kehrte zurück ins Strandhaus. Taj warf der Hündin einen Kauknochen zu und snakte eine Banane und machte sich daran, die perfekte erste Nachricht zu erstellen. Zehn Minuten lang überlegte und überarbeitete er die Nachricht, schlussendlich kam aber nur was ganz Einfaches raus.

Taj: “Hey, bock am Abend was trinken zu gehen?“

Er blickte kurz in die Luft, atmete tief ein und drückte auf Senden. Der Surfer war außer sich vor lauter Aufregung. Um seine Nervosität zu lindern, wählte er die Nummer von Benno und hoffte, dass er nicht allzu sehr beschäftigt sei.

„Moana. Wer stört?“, Ertönte es von der anderen Leitung.

„Dude! War eben mit Josi spazieren. Und jetzt rate, ach egal, du kommst ja sowieso nie drauf, was mir passiert ist.“

„Was denn, Bro?“

„Da surft so eine heiße Brasilianerin und so wie ich halt bin, musste ich sie einfach kennenlernen und was soll ich sagen, sie gab mir ihre Nummer!“

„Nice, aber ich muss Schluss machen, bis nachher.“

Taj nahm das iPhone vom Ohr und konnte seinen Augen kaum trauen. Camilla hatte ihm eine Sprachnachricht gesendet. Um auf “*Beschäftigt*“ zu tun, legte er es weg, holte sich ein Mineralwasser aus dem Kühlschrank, trank einen Schluck und hörte sich schließlich die Voicemail an.

Camilla: „Hallo, liebend gern. Ich fand es vorhin echt schön. Kennst du eine gute Bar?“

Taj: „Wies der Zufall so will, arbeite ich Teilzeit in der besten Bar in ganz Kalifornien.“

Sprach er ebenfalls ins Smartphone. Dann sandte er ihr noch die Adresse.

Camilla: „Okay, so gegen 8pm?“

Er stimmte zu und ging sich duschen und saubere Klamotten zu kaufen. Er suchte den Beißkorb und fuhr daraufhin mit der Mischlingshündin in eine nahe gelegene Shoppingmall. Im Einkaufszentrum besorgte er sich eine Bluejeans und ein geblümtes Hemd. Am späteren Nachmittag traf er wieder zeitgleich mit Benno beim Strandhaus an.

„Na warst du shoppen, also hat sich die Kleine ja doch gemeldet.

„Klar, was dachtest du den Bro? Geh gleich mit ihr was trinken!"

„Sick! Komm, ich lad dich davor noch auf ein Bier zum Runterkommen ein."

In der Landlord-Bar hatten sie nun noch etwa eine halbe Stunde bis zum Eintreffen von Camilla. Taj bestellte bei seiner Arbeitskollegin zwei Corona und chillte sich mit Benno in die Lounge. Die zwei Jugendlichen schlürften ihr Bier und sprachen über die kommende Surfmeisterschaft.

„Hier in L.A. findet ja nur die Vorausscheidung statt und wo findet das Finale statt?" Ganz stolz sagte Taj, dass es in Mexiko sei. Plötzlich wurden die Jungs von einer süßen Frauenstimme unterbrochen.

„Hey, stör ich?" Sofort verstummten die Freunde und begrüßten Camilla. Mit einem lässigen Handschlag und einer Bro-Umarmung verließ er die Lounge.

„Hallo, freut mich echt, dass du da bist. Was hast du so den restlichen Tag erlebt?" Erkundigte sich Taj.

Sie orderten sich etwas zum Trinken und fingen an, über ihre Leidenschaft das Surfen zu reden. Dabei blieb es allerdings nicht lange, schon nach kurzer Zeit sprachen sie über ihre tiefsten Empfindungen und ihre persönlichen Werte. Im Hintergrund spielte der DJ „Perfect Strangers“ von Jonas Blue. Im Laufe des Abends rückten sie immer näher, irgendwann hatte Taj dann seinen Arm um sie gelegt und sie betrachtet kuschlig den romantischen Sonnenuntergang. Den Abend ließen sie dann mit einem barfüßigen Strandspaziergang ausklingen.

Währenddessen Taj sein Traumdate hatte, tranken Kyra und Benno ein Glas Wein und schauten sich gemeinsam einen Horrorfilm an, natürlich rein freundschaftlich.

„Kyra, wenn es Taj ins Finale schafft, sollten wir schon mit nach Mexiko fahren, oder?“ Kyra setzte ihr Glas ab und antwortete.

„Yes, selbstverständlich! Ich war noch nie in Mexiko.“

„Ja, so ein gemeinsamer Urlaub mit Freunden ist schon was. Mexiko!!“ Rief er mit euphorischer Stimme.

In den darauffolgenden Tagen trainierten Taj und Camilla fast rund um die Uhr, sie unterstützten sich gegenseitig und wurden im Beisein des anderen, besseren Surfers und glücklicher. Benno musste jedoch fast täglich Überstunden schieben, denn für den Fall, dass Taj ins Finale kam, er sich genügend Urlaubstage erarbeitet hatte.

Eines Abends, nach vollendetem Training, half Taj Camilla, ihren engen Neoprenanzug auszuziehen. Eins führte zum anderen und sie küssten sich endlich zum ersten Mal. Die angestauten Gelüste führten dazu, dass der Kuss so emotionsgeladen war, dass ihm tausend normale Küsse nicht das Wasser reichen hätten können.

Der Best-Surfer-Cup rückte immer näher und näher. Die Veranstalter haben für alle, die einen Podestplatz in Kalifornien erreichen, ein Preisgeld von zehntausend Dollar dotiert und dann für den Gewinner in Mexiko ein Gewinn einer halben Million US-Dollar. Dementsprechend waren die Konkurrenten motiviert, außer dem Geld bekäme man auch einen Sponsorenvertrag mit großen Brands. In zwei Tagen war es also so weit, Camilla und Taj gingen noch mal ein letztes Mal surfen, eine Art Generalprobe. Ab dann gingen sie es gemütlich an, eine kurzfristige Verletzung wäre nach all dem investierten Schweiß echt schade. Camilla und Taj bereiteten alles für den großen Tag vor, anschließend beschlossen sie miteinander noch mit den anderen zwei in der Stammbar etwas zu unternehmen. Benno reservierte einstweilen die Sofaecke in der Lounge und vibte im Rhythmus der Musik. Der heutige DJ hatte ein Faible für Jazz. Nach wenigen Minuten trudelten auch schon die anderen ein. Kyra, Taj und Camilla umarmten sich jeweils und bestellten bei einem Kellner Drinks und eine Schale Pommes.

„Surft ihr dann eigentlich gegeneinander?“ Fragte Kyra interessiert nach. Camilla übernahm das Wort und antwortete:

„Ne wir sind in zwei unterschiedlichen Gruppen, das heißt, die Chancen stehen gut, dass wir beide nach Mexiko reisen.“

„Camilla. Was hat dich hier nach Los Angeles verschlagen?“ Hakte Benno nach.

„Eigentlich bin ich wegen der Universität hergekommen, doch ich verbrachte immer mehr und mehr Zeit am Strand statt im Hörsaal, also brach ich die Uni ab und nehme an so ziemlich jeden Surfwettkampf teil.“ Nun wurde Kyra misstrauisch.

„Selbst, wenn du jeden Cup gewinnst, was ich bezweifle. Reicht das doch nicht für eine Wohnung und einen Porsche, oder?“

„Da hast du recht, der SUV war ein Geschenk und um die Miete zu bezahlen, helfe ich in einer Boutique aus.“ Konterte sie selbstsicher.

„Oh. Sorry, dass ich dich verurteilt hab.“

Unbeirrt dessen stießen sie, wie so oft auf einen unvergesslichen Abend an. Nachdem Benno sich in einem Blumentopf übergab, bat der Barkeeper die Crew, dass sie bitte die Lounge verlassen sollten. Lachend und grölend schlenderte die Crew in Richtung des Strandhauses von Benno, entweder mit einer Flasche Wein oder Corona in der Hand sangen sie gemeinsam den letzten Partyhit. Nach dem dritten Anlauf schaffte es auch der Halbhawaiianer, den Schlüssel ins Schloss zu bringen und die Türe zu öffnen.

„Na Dude? Brauchst du eine Brille?“ Erkundigte sich Taj hämisch.

„Nope, ich brauche einen Drink. Los gehts, worauf warten wir noch?“ Leise flüsterte Kyra zu Camilla.

„Wir warten, bis du die Tür endlich aufbekommst.“ Die jungen Frauen kicherten und traten dann ebenfalls in das Haus ein.

Benno schaltete die Ambientebeleuchtung ein und holte vom Kühlschrank ein Sixpack Bier. Die Freunde setzten sich auf den Balkon beziehungsweise auf die Hollywoodschaukel und philosophierten über Gott und die Welt. Im nicht ganz nüchternen Zustand endete das Gespräch nach zehn Minuten und sie schliefen alle samt ein.

„Einen wunderschönen guten Morgen, Schlafmützen!“ Rief Taj, sobald ihm die ersten Sonnenstrahlen auf der Nase kitzelnden.

„Ey Mann! Geht das auch Leiser?!“ Entgegnete ihm Kyra noch halbverschlafen und verkatert.

„Kommt schon Leute, heute ist das Wetter einfach wunderbar. Wie wollt ihr eure Eier?“ Redete der junge Surfer fröhlich weiter.

„Du willst wissen, wie ich die Eier mag? In zwei Stunden Dude! Und einen Liter Kaffee.“ Murmelte Benno vom Terrassenboden.

Doch Taj nervte weiter und weiter. Nachdem ihm die anderen finstere Blicke und Kissen entgegenwarfen, saßen sie alle gemeinsam am Esstisch und verspeisten ihr Rührei mit Mangosaft, langsam verzog sich der Katerschleier und sie fingen an, den Tag zu planen.

„Irgendwelche Vorschläge?“ Fragte Benno in die Runde.

„Also wenn es Recht ist, würde ich gerne mit euch zum Hollywoodschriftzug wandern, das war schon immer ein Traum von mir.“ Erwiderte Camilla mit einem leidenschaftlichen Funkeln in den Augen.

„Ja, echt gerne. Wir waren da eh schon länger nicht mehr.“ Bestärkte Kyra.

Nun hoch motiviert, packten sie ihren Rucksäcken mit Proviant und genügend Wasserflaschen. Da sie mit Josi zu fünft waren, konnten sie nicht mit Tajs Suzuki fahren, natürlich sprang Camilla sofort ein und schlug vor, mit ihrem Auto zu fahren.

Am Beachwood Drive angekommen, nahmen sie die Hündin an der Leine und starteten die Wanderung. Kyra checkte den Akkustand ihrer Kamera und schoss gleich ein paar Fotos, immerhin lief ihre Fotoagentur besser denn je. Seitdem sie die Ausbildung beendete und eine professionelle Website erstellte, kann sie sich nicht an fehlender Arbeit beschweren. Bei der Gabelung entschieden sie sich für den rechten Weg, so würden sie später oberhalb des Signs ankommen. Nach mehreren Fotoshootings und Verschnaufpausen erreichten sie das Ziel nach eineinhalb Stunden.

„Unglaublich! Von hier oben sieht die Stadt verdammt klein aus und die Hills erst, vielen Dank!“ Sagte Camilla zufrieden, danach fiel sie Taj um den Hals und sie küssten sich, so wie es nur frisch verliebte, taten.

Für einen kurzen, aber kostbaren Moment blickten sich auch Benno und Kyra in die Augen. Die Versuchung, den anderen zu küssen, war groß, viel fehlte nicht mehr und gerade als sie im Begriff waren, sich aufeinander zuzubewegen, zerrte Josi ruckartig an der Leine, sie bellte einen vorbeilaufenden Vogel an. Kyra beruhigte die Hündin und drehte sich wieder zu Benno, doch der Moment ist verflogen. Mit geröteten Wangen wendeten sie sich wieder der atemberaubenden Landschaft zu.

Um noch ein kleines Andenken vom Ausflug mitzunehmen, stellte Kyra ein Stativ mit der Kamera auf. Das Foto ließen sie später auf eine Leinwand drucken und hingen es im Strandhaus auf. Der Abstieg verlief wesentlich schneller.

Taj und Benno überzeugten die Surferinnen, dass sie am Heimweg in der Stadt Burger essen gingen. Zuhause angekommen, checkten sie nochmals ihr Surfequipment und bereiteten sich mental vor.

Die Qualifikation

Hastig schaufelte sie ihr Proteinmüsli rein und zogen sich ihre Schwimmsachen an. Camilla entschied sich für einen fliederfarbenen Neckholder-Bikini, Taj achtete nicht so sehr drauf und nahm stinknormale Boardshorts mit neongrünen Streifen. Alle packten beim Einräumen des Surfzeugs mit an. Josi wollten sie aufgrund der brennend heißen Hitze nicht mitnehmen und ließen sie mit einem nagelneuen Kauspielzeug allein im Haus.

Benno saß am Steuer des Porsche, während das frisch gebackene Pärchen auf der Rückbank rummachte. Am Austragungsort angekommen suchten sie sich einen schattigen Parkplatz unter eine Palme und gingen zur Anmeldung. Die beiden Surfer hatten einen Athletenpass, wohingegen Kyra und Bennoeinen VIP-Gäste-Pass erwarben. Sie wurden von einer Praktikantin zu ihrem Vorbereitungszelt geführt, wo sie das Surfbrett für den Einsatz präparieren konnten. Zufälligerweise befanden sich die Zelte von Camilla und Taj nebeneinander. Was zur Folge hatte, dass sie mehr miteinander vergnügten, anstatt sich für den Cup vorzubereiten.

Der aus Ibiza eingeflogene Star-DJ legte einen vibenden-Song nach dem anderen auf und versetzte alle in die richtige

Stimmung. Die ersten Surfer und Surferinnen surften bereits gegeneinander und lebten ihre Leidenschaft aus.

Für Camilla ging es jeden Moment los. Sie blickte gespannt auf die Anzeigetafel und überprüfte ein letztes Mal ihr Zeug. Mit dem Tröten der Signalsirene begann sie ins offene Meer hinauszupaddeln. Die Kontrahentin, die gegen sie antrat, war etwas älter und augenscheinlich sportlich besser in Form. Unbeeindruckt dessen gab sie dennoch alles und gewann die erste Runde mit zwei Punkten Vorsprung. Danach war die Klasse von Taj an der Reihe durch die Bank durchgemischte Surfer, wenig Trainierte bis hin zu richtigen Kolossen waren alle vertreten. Tajs Gegner, ein hawaiianischer Vollblutsurfer, schüchterte die jüngeren Surfer lediglich mit seinem Blick ein. Zum Glück erkannte Camilla dies rechtzeitig, eilte zu Taj hin und gab ihm einen leidenschaftlichen Kuss. Mit der Kraft der Liebe hatte der Muskelprotz keine Chance.

Währenddessen Taj die Welle surfte, war er zu einhundert Prozent bei der Sache. Mit genügend Selbstvertrauen traue er sich sogar noch mehr Tricks zu als sonst. Selbst die erfahrenen Profijuroren waren beeindruckt. Dies spiegelte sich auch in der Punktevergabe wider. Mit fünf Punkten mehr als der Hawaiianer qualifizierte sich Taj für die Halbfinale.

Nun hatten die Surfer eine Stunde Pause. Kyra und Benno waren echt beeindruckt von der Leistung ihrer

Freunde. Während die beiden Profisurfer ihr Equipment auf Vordermann brachten, holte Benno vom Pier Hotdogs und Limonade.

Taj musste bei seinem Board ein Ding reparieren. Da Camillas Board unbeschädigt bleib, unterstützte sie ihm. Zu zweit war es für das Pärchen ein Kinderspiel. Nun motivierten sie sich ein weiteres Mal, bis Benno wieder mit dem Essen kam. Die Sportler füllten ihre Reserven wieder auf und waren bereit, da draußen alles zu geben.

„Ihr seid echt Hammer, wir schaffen es safe ins Finale in Mexiko." Verkündete Benno stolz.

Die Motivationsrede wurde in der Sekunde unterbrochen, als der Kommentator die Athleten aufforderte, sich bereit zu machen. Camilla und Taj halfen sich gegenseitig beim Anziehen des Wetsuits und nahmen dann ihren Platz in der Schlange ein.

Mit einem Tröten wurde es für die Brasilianerin ernst. Beim Hinauspaddeln konzentrierte sie sich einzig und allein auf ihre Atmung. Sie hielt an einer geeigneten Stelle an. Camilla beobachtete die sich nähernden Wellen. Dann sah sie eine Mörderwelle. Die Surferin sprang im richtigen Moment aufs Board. Sie reagierte mit Bedacht und einer gewissen Selbstverständlichkeit. Die Punktrichter berieten sich einen Moment, danach verkündigten sie, dass es Camilla geschafft hat. Sie ist einer der drei Surferinnen, welche nach Mexiko fahren dürfen. Überglücklich stieß sie einen Jubelschrei von sich und drückte ihren Freund die Daumen.

Nun war Taj an der Reihe. Der Jugendliche war als letzter seiner Klasse dran. Dies machte es besonders schwierig. Denn die anderen waren verdammt gut gewesen. Er wusste, er musste besser sein denn je, um einen Qualifizierungsplatz zu ergattern. Er griff nach seiner Haizahnhalskette, betrachtete sie und gab ihr einen Schmatzer im Sinne vom Beten. Taj legte sich aufs Board und begann sich aufs offene Meer zuzubewegen. Nicht einmal eine Sekunde konnte er rasten, er blickte vom Paddeln auf und wusste es. Mit dieser Monsterwelle würde er es easy schaffen. Der Surfer war so vertieft, später konnte er sich nicht mehr daran erinnern, wie er aufs Brett sprang. Die Monsterwelle surfte er so gut, dass alle Zuschauer und Surfer ihm zu sahen. Die Tricks waren einwandfrei und perfekt getimt. Wenn er dies in Mexiko wiederholte, stand im Nichts mehr zum BSC im Wege. Wie zu erwarten, schaffte er es auf dem Podium und wurde mit den anderen Fünfen geehrt und sie erhielten das Preisgeld. Alle sechs Athleten erhielten eine Medaille und ganze zehntausend Dollar.

Nachdem das Pärchen mit der Bürokratie fertig war, trafen sie sich mit Kyra und Benno am Pier und feierten den Sieg. Die Crew gönnte sich eine Flasche Champagner und beschlossen, im Strandhaus weiterzufeiern.

Zurück im Haus, programmierte Benno die LED-Beleuchtung auf Discomodus und richtete gemeinsam mit Taj den Beerpong-Tisch her. Kyra streamte gleichzeitig die Musik auf die Surround-Sound-Anlage. Und die Sieger bereiteten die Snacks und Desserts zu. Da zu viert nicht gerade eine Partystimmung aufkam, posteten sie die Adresse der Hausparty im netzt und schickten sie ebenfalls an fast alle Kontakte. Die ganzen Snaps, Posts und Nachrichten verbreiteten sich rasant schnell. Es dauerte keine viertel Stunde, bis die ersten Studenten klingelten. Kurz darauf wieder. Dann noch mal. Und schließlich befanden sich um die fünfzig Gäste im außerhalb des Hauses. Gut zwei Drittel waren Wildfremde beziehungsweise die Begleitungen der eigentlichen Gäste.

„Das ging jetzt aber echt schnell, Bro!“ Rief Taj Benno aufgrund des ganzen Lärms zu.

„Perfekt, je mehr, desto besser! Paaaarttyyyyy!“ Anschließend widmete sich Benno wieder seinem Beerpong.

Im Gewusel verlor sich die Crew aus den Augen und waren damit beschäftigt, sich um die Partygäste zu kümmern. Die Stimmung der Party verging auch nicht nach, als der Sheriff den Gastgeber bat, dass sie sich leiser verhalten sollten. Natürlich wurde die Musik gedrosselt, dies hielt aber nicht lange an. Irgendwann stießen Benno und Kyra zusammen.

„Ups! Ich habe dich echt nicht gesehen. Sorry!“ Entschuldigte sich die Fotografin. Sorgenlos und schon etwas angetrunken lud er sie auf ein Glas Wein am Balkon ein.

Kyra dachte kurz nach, war aber ebenfalls zu betrunken, um eine kluge Entscheidung zu treffen. Im Rauschzustand oder aufgrund der eventuellen Liebesgefühle blendeten sie die anderen aus. Mit je einem Glas Rotwein chillten sie sich auf die Hollywoodschaukel. Dann passierte das Unvermeidliche, die Playlist spielte Kyras Lieblingssong „Closer“ von den Chainsmokers. Gemeinsamen schwangen sie ihre Körper rhythmisch zur Musik, doch nach nicht mal ein paar Sekunden bewegten sie sich aufeinander zu, sie kamen sich immer näher. Die Jugendlichen fingen an, zärtlich den anderen mit den Lippen zu berühren und gaben sich einen leidenschaftlichen Kuss. Das wunderschöne und von Emotionen geladene Liebesspiel dauerte nicht lange, ehe es von Taj unterbrochen wurde.

„Yo Dude! Beim Flaschendrehen ist irgendwie dein Fernseher runtergefallen. Aber ich sehe, du bist hier mit was Wichtigerem beschäftigt. Ich entsorg einfach die zerbrochene Wodkaflasche und bring eine Volle!“ Quasselte er wankend.

Kopfschüttelnd schickte Benno seinen Freund wieder ins Wohnzimmer und widmete ich erneut Kyra, allerdings wurde sie vom Saufkoma ereilt und schnarchte nun wie ein kleines Baby in Bennos Arm. Er strich ihr durch ihre dunklen Haare und kuschelte sich dann zu ihr. Camilla und Taj verabschiedeten die letzten Gäste und legten sich dann in Bennos Bett schlafen.

Nach gerade mal sechs Stunden Schlaf wurde jeder nacheinander von Josis feuchter Zunge geweckt.

„He! Was soll das? Denkst du, so verschwindet der Kater?!“ Zischte Benno.

Der Mischling hörte aber nicht auf und er musste aufstehen, um ihr etwas zum Futtern zu geben. Nachdem er ihr die Hundeschüssel hinstellte, machte sich der Surfer dran, die Unordnung aufzuräumen. Erst als er am Balkon angekommen ist, fiel es ihm wie Schuppen von den Augen. Kyra! Er fragte sich, ob sie sich gestern nur wegen des Alkohols küssten. Am besten wäre es, wenn er das mit ihr nach dem Frühstück besprach. Verpeilt schlürften die Profisurfer ebenfalls in den Essbereich und bestellten bei Benno Pancakes.

„Habe ich da Pancakes gehört? Ich will auch!“ Rief Kyra putzmunter von der Hollywoodbank.

Sie hüpfte auf und kam ebenfalls ins Esszimmer. Und auch ihr fiel der Kuss wieder ein, als sie Benno beim Kochen sah. Ihre Wangen erröteten sich und sie bat Camilla unter vier Augen zusprechen. Die beiden jungen Frauen gingen auf den Balkon, schlossen die Türe und lehnten sich ans Geländer.

„Gehts dir gut?“ Fragte Camilla besorgt.

„Ja schon. Hast du das mit Benno mitbekommen?“

„Nein, was war denn? Ne Spaß, klar, das haben locker zehn Leute mitbekommen. Aber macht dir nichts draus. Ein Kuss ist was wunderschönes!“ Erklärte sie. Beschämt blickte die Fotografin auf den Boden und bedankte sich bei ihrer Freundin für die Aufmunterung, im Anschluss umarmten sie sich und gingen wieder zu den Jungs in die Küche.

Mittlerweile waren die leckeren Pancakes fertig. Mit Ahornsirup und einer Kanne Kaffee konnte das Frühstück beginnen. Während des Essens blickten sich Benno und Kyra vor lauter Charme nicht einmal in die Augen, im Gegenteil, sie blickten starr auf die Mahlzeit und verschlangen die Pancakes nur so, doch irgendwann gab es keine mehr. Camilla und ihr Freund machten sich daran, das Geschirr abzuräumen, das Pärchen beschloss in der Küche zu warten und den anderen beiden etwas Freiraum zu geben.

„Also? Was machen wir?“ Fragte Benno zögerlich. Kyra schwenkte ihr Glas, überlegte und antwortete.

„Ich nehme an, dass der Alkohol schuld war. Wenn es für dich Recht ist, würde ich es gerne vergessen und nie wieder ansprechen, schließlich sind wir Freunde.“

„Mhmm, du hast recht. Komm helfen wir den anderen beim Abwasch.“ Erwiderte Benno einsichtig. Er verharrte einen nachdenklichen Moment im Esszimmer und folgte dann Kyra in die Küche.

Infolgedessen machte sich die Crew daran, die Überbleibsel von letzter Nacht zu entfernen und säubern. Nach drei Stunden intensiven Schrubben und Putzen entsorgten sie die leeren Glasflaschen.

„Nie wieder. Ich trink nie wieder Alkohol.“ Murmelte sich Taj in seinen Bart. Camilla kicherte und reichte ihren Freund eine kühle Wasserflasche.

„Jetzt haben wir uns nach all der Arbeit aber schon ein Bier verdient!“ Meinte Benno zu seinem Buddy.

„Nicht witzig Bro! Nicht witzig.“ Gab ihm Taj leicht genervt als Antwort.

Nun, da sie die Aufräumarbeiten erledigt hatten, beschlossen sie alle gemeinsam in die Stadt zu fahren. Für den Aufenthalt in Mexiko würden sie noch jede Menge Zeugs benötigen. Josi verfrachteten sie in den Kofferraum des Porsche und dann machten sie sich auch schon auf den Weg zur nächstgrößeren Mall. Am riesigen Parkplatz angekommen, entschieden sie sich dafür, sich aufzuteilen. So würden die Frauen das Sinnvolle und tatsächlich benötigte einkaufen und die Jungs hingegen nur Schnickschnack und Blödsinn. Benno ließ die Hündin aus den SUV hinaus, leinte sie an und stattete sie mit einem Maulkorb aus.

„Ich würde vorschlagen, wir treffen uns in zwei Stunden wieder hier.“ Sagte Kyra. Camilla und Taj umarmten und küssten sich zum Abschied und gingen danach in das Einkaufszentrum.

Die beiden Surferinnen hielten es für angemessen, zuerst die richtige Kleidung für den Aufenthalt in Mexiko zu besorgen. Neben Badehosen, Bikinis und Ponchos kauften sich die jungen Frauen auch je ein Paar Schuhe. Und für Surferinnen selbsterklärend waren es violette Vans. Wie bereits von den Mädels vorausgeahnt, gingen die Jungs zuerst in einen Surf und Skateshop. Dort holte sich jeder ein neues Longboard und völlig überteuerte Sonnenbrillen.

„Yo Dude. Ich weiß, du hast jetzt einen Haufen Geld. Aber davon müssen wir auch noch das Ferienhaus in Mexiko bezahlen.“ Ermahnte ihm Benno einsichtig, stimmte Taj zu, doch diese Erkenntnis war nicht von langer Dauer.

„Bro! Schau dir dieses nice Board an. So ein krasses Brett ist mir bis jetzt noch nie untergekommen. Und für gerade mal tausend Dollar nehme ich es safe mit!“ Benno war machtlos, den es gelang ihm mit keiner Weise Taj vom Kauf abzubringen.

Fünf Minuten später standen die Jugendlichen mit freshen Sonnenbrillen, einem neuen Board und ein breites Grinsen.

Da sie noch etwas Zeit hatten, brachten sie das Board zum Auto und aßen erst mal einen Fish-Burger. Camilla und Kyra bekamen ebenfalls Lust auf eine Erfrischung und bestellten sich am anderen Ende der Mall handgepresste Smoothies.

„Wollen wir wetten? Um wie viele Minuten kommen die anderen zu spät?“ Fragte Taj mit einem spöttischen Unterton. Benno erweiterte die Annahme ungemein.

„Oder Stunden?!“ Doch die beiden Surfer wurden überrascht, Camilla und Kyra hatten bereits ihre Einkäufe eingeräumt und tranken nun in aller Ruhe ihre Getränke.

„Wo wart ihr denn so lange? Wir haben schon geglaubt, ihr habt euch verlaufen.“ Rief die Brasilianerin den anderen zu.

Genervt, dass sie von den Mädels aufgezogen wurden, warfen sie ihre Tüten in den Porsche, brachten Josi in den Kofferraum und setzten sich still auf ihren Sitz. Camilla und Kyra hatten allerdings noch nicht genug.

„Während ihr unnötigen Stuff gekauft habt, was nicht anders zu erwarten war. Haben wir zusätzlich noch unser Ferienhaus gebucht.“

„Nice! Und ab wann können wir einziehen?“ Fragte Taj seine Freundin.

„Ab Übermorgen genügend Zeit zu packen und hinzufahren.“

Beim Strandhaus angekommen, hingen die Jungs Tajs Anhänger an dem Cayenne und befestigte ihre Boards auf den Dachträgern. Jedes Crewmitglied hatte einen Koffer zur Verfügung, ihre Neoprenanzüge mussten allerdings nicht in das Reisegepäck. Nun, da alles fertig verstaut und vorbereitet war, waren sie eigentlich startklar. Wenn Benno nicht plötzlich einfiele, dass er sich noch bei G-Dawg verabschieden müsse.

„Sorry Leute, aber ich habe es G-Dawg versprochen. Ich bin in spätesten einer Stunde wieder da, geht daweil ein Eis essen.“ Hinterher schwang er sich auf die Brixton und düste davon.

„Aloha meine Freunde!“ Begrüßte der Halbhawaiianer die arbeitenden Männer.

„Komm Benno setzt dich her und wir trinken gemeinsam einen Kaffee. Wie gehts?“ Sagte Efraim und bot ihm gleichzeitig einen Bürostuhl an.

Benno nahm sich eine Tasse und plauderte kurz mit seinen Arbeitskollegen. Um die anderen aber nicht allzu lange warten zu lassen, beließ er es bei einer Tasse und machte sich nach einer Weile wieder auf den Heimweg.

Der Roadtrip beginnt

Beim Strandhaus angekommen, parkte er sein Bike witterungssicher, spannte eine graue Abdeckplane drüber und setzte sich zu den bereits im Auto wartenden Jugendlichen. Die Sonne ist auch schon untergegangen, und die Nacht setzte ein. Camilla ließ alle Fenster hinunter und bog in die Hauptstraße ein.

„Du Camilla. Nach der Grenze lös ich dich ab, bis dahin fährst du." Bot Benno an.

„Danke schön auf nach Sayulita!"

Die ersten eineinhalb Stunden bis nach San Diego verliefen ereignislos. Erst danach mussten sie sich durch Baustellen quälen, was so noch viel mehr Zeit für ausgedehnte Gespräche bot. Der SUV und der Anhänger glitten sanft durch die sternüberzogene Landschaft. Die Beamten an der Grenze waren zunächst aufgrund des Porsche mit den Surfbrettern oben misstrauisch. Als Camilla und Taj die Situation allerdings erklärten und vom Best-Surfer-Cup in Mexiko erzählten. Wünschten ihnen die Polizisten viel Glück und eine gute Fahrt.

„Mit Lovers on the Sun" von David Guetta setzten sie ihre Reise fort. Da Taj den Song perfekt für den Moment fand,

drehte er die Lautstärke hoch und die Crew sang mit, auch Josi jaulte und bellte zum Partyhit. Kyra und Taj schliefen nach ein paar weitere Songs ein. Nur Camilla und Benno konnten ohne Weiteres wachbleiben.

Nun war es an der Zeit, das erste Mal zu tanken. Während Camilla den Wagen volltankte, ging der junge Surfer in den Shop, um zwei Kaffee, den Sprit und eine kleine Überraschung zu bezahlen, und da es sich anbot, hob er gleich fünftausend Pesos ab.

„Ein schwarzer Sombrero-Hut? Dein Ernst?“ Sagte Camilla kopfschüttelnd.

„Eigentlich heißt es ja nur Sombrero, weil sonst würdest du ja Hut-Hut sagen.“ Antwortete er ihr mit einem spaßhalber überlegenen Ton.

Da sie noch ein wenig Fahren konnte und wollte. Einigten sie sich, dass sie den Fahrertausch in Sonoita durchzuführen. Also gings wieder auf die Autobahn, mit 110 km/h erreichten sie ihr nächstes Ziel in guten drei Stunden. Nun, da sie quasi unter sich waren, konnten sie wohl zum ersten Mal mit dem anderen tiefsinnigen Zeug reden.

„Du, Benno, ich habe da mal eine Frage.“

„Hau raus, solange es nicht um Kyra geht.“ Antwortete der Junge.

„Ich habe mich das Taj nie fragen getraut, aber warum hat er sein Boot verkauft?“

„Anfangs verdiente er nicht genug beim Surfen, und die Kohle vom Landlord reichte auch nicht. Also verkaufte er es, um seine Miete zu begleichen.“ Nach dem Verarbeiten der Antwort fragte Camilla auch schon die nächste persönliche Frage.

„Bei all den ganzen Sternen glaubst du persönlich, dass es so jemanden wie einen Seelenverwandten gibt?“

„Deine Fragen werden ja immer schwieriger und interessanter ... Vermutlich gibt es genau die eine, allerdings ist die Illusion, seinen Lebensschicksalsschatz zu treffen, so wunderbar, dass die Chance dementsprechend gering ist.“ Antwortete Benno nachdenklich und mit voller Überzeugung.

„Stimmt, aber das Schicksal hält sich nicht an irgendwelche mathematischen Chancenberechnungen.“ Konterte sie mit einem unvergleichlichen Funkeln in den Augen.

Die beiden dachten über die Sichtweise des anderen nach. Ab und zu blickten sie sich in die Augen. Dies aufgrund der Tatsache, dass Camilla den Wagen lenkte, immer nur für wenige Sekunden, das waren Gespräche und Emotionen mit Substanze. Die Jugendlichen verspürten zwar kein Gefühl von Liebe oder Romantik, wussten aber sehr wohl, dass eine ganz besondere freundschaftliche Verbindung entstand.

Da Benno in guten zweihundert Kilometern mit dem Fahren an der Reihe war, setzte er die Schlafbrille auf und schlief ein. Nun war Camilla quasi ganz alleine auf den Straßen von

Mexiko unterwegs. Ab und zu reduzierte sie die Geschwindigkeit einzig aus dem Grund, den Sternenhimmel und die Landschaft zu genießen. Die attraktive und intelligente Surferin ließ die Fragen und Gespräche von Vorhin revue passieren. Im Gedanken versunken, sprach sie leise vor sich hin.

„Wer ist mein Seelenverwandter? Gibt es mehr als einen? Ist es die ganze Crew? Immerhin habe ich so etwas noch mit keiner Gruppe oder Menschen gefühlt."

Aufgrund einer Fahrbahnunebenheit wachte Kyra auf und lauschte gespannt den Gedanken ihrer Freundin. Sie begann sich ebenfalls Gedanken dazu zumachen. Jedoch war sie zu müde, um darüber nachzudenken. Sie tippte es in ihre Notizen ein und legte sich wieder schlafen. Darüber würde sie sich morgen das Kopfzerbrechen oder mit den anderen reden. Wenn es nach Camilla gehen würden, wären sie alle seelenverwandt und wer kennt die Antwort, wenn nicht sie.

Nach guten zwei Stunden nahm Camilla eine Abzweigung zu einer Raststation und weckte Benno auf. Er realisierte relativ rasch, was er zu tun hatte. Seine Augen mussten sich erst an die neongrüne Beleuchtung der Tankstelle gewöhnen, dann ging er zum Kofferraum, öffnete diesen langsam und ging daraufhin mit Josi eine kleine Runde. Camilla tankte ihr Cayenne und besorgte für die Ablöse einen Automatenkaffee. Sie nahm am Beifahrersitz Platz und wartete da, bis Benno wieder zurückkam. Zunächst erkannte sie ihn gar nicht im

Schutze der Dunkelheit und mit dem heimlich aufgesetzten Sombrero sah er aus wie ein Einheimischer, na gut, die Müdigkeit trug auch etwas bei, dass sie Josi mit einem Esel verwechselte.

„Hey Benno! Beim nächsten Mal bleibt der Sombrero im Auto!" Meinte sie zu ihm, gefolgt von einem lieblichen Zwinkern. Mit einer lustigen Grimasse schüttelte er den Kopf und stieg mit der Hündin ins Auto.

„Ey ey ey! In wenigen Stunden gibts Frühstück." Flüstere er euphorisch. Camilla gähnte und nickte sofort ein.

Benno wählte seine Playlist aus. Er übersprang einige Titel und ließ dann *„Levitating"* von Dua Lipa laufen, infolgedessen rückte er den Sitz, die Spiegel und das Lenkrad zurecht, er löste die Handbremse und fuhr wieder auf den Highway auf. Mit gemäßigtem Tempo fuhr er nun durch die Landschaft. Den nächsten planmäßigen Halt würden sie erst in Hermosillo machen. Gedanklich vertiefte er sich immer mehr ins Liebesthema. Die Landschaft und die anderen Verkehrsteilnehmer nahm er gar nicht mehr war. Er befürchtete, dass trotz Schicksal er vielleicht niemals die Liebe seines Lebens finden würde.

„Sie könnte ja direkt vor meinen Augen sein und wenn ich genau in diesem Moment auf mein Smartphone schau? Oder ich verliere ihre Nummer, wenn es überhaupt so weit kommt." Dachte er sich immer weiter ins Negative denkend.

Plötzlich ertönte hinter ihm ein ohrenbetäubendes Geräusch, ein Lastwagen hupte den Porsche dicht auffahrend an, Benno war sofort hellwach. Er blickte auf seinen Tacho und erkannte das Problem. Er fuhr gerade mal 90 km/h. Benno trat das Gaspedal umgehend durch und ließ den LKW im Staub stehen. Er war so sehr abgelegt, dass er unbeabsichtigt langsam vom Pedal den Druck seines Fußes wegnahm, zum Glück merkten die anderen der Crew auf wundersame Weise nichts davon. Mit einem in den Himmel gerichtetem *„Dankeschön!“* fuhr er von nun an zu 100 Prozent aufmerksam. Allmählich ging die Sonne auf, und die atemberaubende kahle Landschaft wurde von den ersten warmen Strahlen freigelegt.

„Guten Morgen! Sind wir schon da?“ Rief Taj fragend von der Rückbank.

„Guten Morgen, ihr da hinten. Habt eine echt schöne Nacht verpasst. Gleich gibts Frühstück, Dude.“ Kyra zeigte gleich Eigeninitiative und suchte im Internet nach einem Restaurant oder Café.

„Yes, ich habe was gefunden, in drei Kilometern gibts ein kleines Bistro. Hier steht, dass es seit Generationen von Landwirten betrieben wird. Mein Spanisch ist zwar etwas eingerostet, aber abierto heißt geöffnet.“ Es stand also fest. Die Crew entschied sich für das La Cubanera.

Am Parkplatz stiegen alle ganz schnell aus, um sich zu strecken und dehnen. Kyra und Benno ließen Josi aus dem Kofferraum und gaben ihr was zum Trinken. Die Gelegenheit nutzte das Pärchen, um Intimitäten auszutauschen. Nach einiger Zeit waren sie fürs Erste fertig, und die Jugendlichen konnten das Bistro betreten.

„Buenos Dias!“ Begrüßen sie die Kellnerin im Chor. Die etwa sechzigjährige Kellnerin, vermutlich die Besitzerin, schaute auf.

„Bienvenidos!“ Sie stellte einen Krug mit Orangensaft ab, führte die Surfer zu einem Tisch beim Fenster und reichte ihnen die Karte.

Auf der Speisekarte waren nicht Unmengen von Gerichten, man konnte zwischen vier Frühstücken wählen. Zum Trinken konnte man zwischen Kaffee, einen mexikanischen Saft und Tequila wählen. Benno nahm Blickkontakt mit der Kellnerin auf und orderte sie zu sich.

„Cuatro Huevos rancheros y café. Por favor!” Sagte er mit einem typisch kalifornischen Akzent.

„Con mucho gusto!“ Antworte sie und verschwand im hinteren Bereich vom La Cubanera.

Das schon etwas ältere Bistro versprühte mit dem alten Bauernhoflook ein ganz einzigartiges und heimeliges Flair. Viel Getümmel war allerdings nicht vorhanden. Ein Farmer saß am Tresen und trank eine extragroße Tasse Kaffee, er musste am Weg zum Feld gewesen sein. Ein schon etwas älterer grüner Traktor stand ebenfalls am Parkplatz, der von Wind und Wetter gezeichnete Farmer nahm die Jugendlichen kaum zur Kenntnis, er nahm den letzten Schluck seines Gebräus, legte ein Schein unter die Tasse und verschwand.

Nun kam die Bedienung wieder, sie trug ein großes Holz Tablet mit beiden Händen. Zusätzlich hielt sie mit ihrem kleinen Finger eine dampfend heiße Kaffeekanne. Sie reichte jeden einen Teller und schenkte jeden bis auf Benno Kaffee ein.

„Muchas Gracias!“ Bedankten sich die Nordamerikaner bei der netten Kellnerin.

Sobald das Essen vor ihnen stand, begannen sie diese zu verspeisen. Nach etwa einer viertel Stunde waren sie vollgegessen, bezahlten und gingen wieder zum Auto. Taj überprüfte vor dem Einsteigen den Porsche und den Anhänger auf eventuelle Schäden oder Defekte. Es hätte gut möglich sein könne, dass Benno einen unbeabsichtigten Ausflug ins Grüne machte.

„Yo Taj! Keine Sorge, ich kann Auto fahren.“

„Darf ich dich erinnern, warum du in L.A. ein Bike hast?“ Erwiderte er süffisant mit einem Lacher, daraufhin steckte er den Schlüssel in das Zündschloss rein, startete den SUV und fuhr auf die Autobahn.

Mittlerweile brannte die Sonne schon stärker und er musste die Klimaanlage auf Maximum einschalten, da Taj den Porsche nun lenkte saß Camilla am Beifahrersitz, so konnten sie nicht nur Händchen halten, sondern bei wenig Verkehr sich auch küssen. Auch Benno verspürte ein Verlangen von Zuneigung, mit einem flüchtigen Blick lugte er zu Kyra, drehte seinen Kopf aber weiter, streckte seinen Arm aus und fing an, sie zu streicheln, die Mischlingshündin selbstverständlich. Wenige Sekunden später tat es ihm Kyra gleich ab und zu berührten sich ihre Hände im weißen Fell von Josi.

Nach weiteren unzähligen Kilometern auf dem Highway erreichten sie ihr Etappenziel.

„Wo bleiben wir als Nächstes stehen, Dude?" Fragte Benno seinen Freund. „Ich glaub Josi muss bald eine Runde spazieren."

„In einer halben Stunde kommt Navojoa. Meinetwegen bleiben wir da stehen. Ich habe eh schon einen Hunger."

„Perfekt!"

In der Stadt angekommen, parkten sie vorm erstbesten Taco-Restaurant. Zum Glück waren hier Hunde erlaubt und sie konnten zu fünft hinein gehen. Von einem jungen Mann im Anzug wurden sie zu einem gedeckten Tisch geführt und erhielten Speisekarten in Samtumschlag.

„Qué le gustaría beber?“ Fragte er höflichst und zückte einen Notizblock.

Taj bestellte ein typisch mexikanisches Bier und der Rest der Crew orderten je eine Limonade. Die Tacos bestellten sie auch gleich hinterher. Die Getränke und die Hauptspeisen ließen nicht lange auf sich warten und wurden von zwei bildhübschen, brünetten Kellnerinnen serviert.

„Vorzüglich! Schmeckt genau wie ein Taco in Mexiko schmecken sollte.“ Lobte Taj.

„Stimmt! Und ich bin ja froh, dass du den Sombrero nicht aufgesetzt hast.“ Sagt Kyra und boxte Benno leicht auf den Oberarm.

Nachdem das Essen abgeräumt wurde, kam eine weitere Bedienung und zeigte die Rechnung vor. Taj lud alle ein und gab ein großzügiges Trinkgeld.

„Yo Leute! Wie wäre es, Kyra, Benno und die süße Josi gehen spazieren. Camilla und ich machen das, was Pärchen in ihrer Freizeit eben tun. Sightseeing.“

„Einverstanden, hier gibt es eh viel zu erleben. Euch beiden viel Spaß!“ Antwortete Benno. Dann gingen die Spaziergänger in Richtung eines paradiesähnlichen Parks und holten sich unterwegs ein Eis.

Taj und Camilla winkten den anderen zum Abschied zu. Sobald sie jedoch außer Sichtweite waren, wendeten sie sich einander zu und schauten sich ganz tief in den Augen, ihre Herzen schlug schneller. Zärtlich bestimmend drückte Taj sie gegen das Auto, dabei wuchs die Anziehung zwischen den beiden. Camilla drückte auf ihren Autoschlüssel und zog Taj mit in den Porsche. Aufgrund der Hitze und er aufsteigenden Erregung zogen beide ihr Shirt aus. Um Schaulustige mussten sie sich keine Sorgen machen, der Cayenne war rundum abgedunkelt. Die temperamentvolle junge Frau öffnete ihren weißen Bikini und küsste daraufhin das Sixpack ihres Freundes, dann entfernte sie ihr Haargummi und schüttelte ihren Kopf und Taj ihm einen Kuss, er unterbrach kurz das Liebesspiel, beugte sich zum Radio und schaltete dies ein. Nun ging es zur romantischen Mariachi-Musik weiter. Von außen nicht erkenntlich, dass darin gerade zwei besondere Menschen den besten Urlaub ihres Lebens hatten.

„Klopf, Klopf, Klopf“ Camilla und Taj schlüpften blitzschnell in ihre Oberteile und öffneten unschuldig die Türe.

„So früh schon zurück?“ Fragte Taj verblüfft nach.

„So früh? Wir waren locker eine Stunde weg, Dude!“ Antwortete Benno erheitert.

Die Crew lachte und begann daraufhin die Reise fortzusetzen. Benno war wieder dran zu fahren. Was auch bedeutete, dass er die Musik auswählen durfte, er schaltete den Lokalsender aus, verband sein Smartphone via Bluetooth mit dem Radio und spielte seine Playlist ab.

„Ready to Take-off! Bitte alle anschnallen, es geht nach Culiacán!“ Sprach er in sein “Faustmikrofon“ und fuhr mit quietschenden Reifen los.

In der Stadt sahen sie vermehrt bunt-verzierte Totenschädel. Da sie allerdings nie den Hintergrund oder die Gründe diesbezüglich erfuhren, beschlossen sie auszusteigen und einen Einheimischen zu fragen. Benno stellte den schwarzen SUV am Straßenrand ab, und die Jugendlichen gingen einige Meter zu einem älteren Mexikaner.

„Buenos Dias!“ Begrüßte Camilla den Einheimischen. Sie führte ein kurzes Gespräch, und es stellte sich heraus, dass er ebenfalls ihre Sprache beherrschte, nun übernahm Taj das Fragen stellen.

„Hallo, wir sind nur neugierige Touristen und würde gerne erfahren, was es mit den fröhlichen Totenköpfen auf sich hat.“ Sichtlich stolz und geehrt antwortete der Einheimische.

„Vor langer Zeit. Vor mehreren Tausenden Jahren lebten hier die Azteken. In damaligen Kulturkreisen wurde es als respektlos empfunden, wenn man um Verstorbene trauerte. Es entstand das Fest der Toten, auch bekannt als Dia de los

Muertos. Hierbei werden der Tod und das Leben gefeiert. Und was ist fröhlicher als Farbe?"

Zustimmend nickte die Crew und bedankte sich vom ganzen Herzen für die interessante Geschichtsstunde. Sie stiegen wieder ins Auto und fuhren weiter. Im Laufe der Fahrt wurde die Umgebung kahler, heißer und immer langweiliger.

„Yo Leute. Spielen wir doch ein Spiel. Mir würde spontan Wahrheit oder Pflicht einfa ..."

„Stopp! Safe nicht!" Wurde Camilla von Benno unterbrochen.

„Sorry. Aber unsere Crew hat eine Wahrheit oder Pflicht-Verbot. Es eskalierte zu oft." Erläuterte Taj. Schließlich hatte jemand die Idee, eine Quizapp zu kaufen und diese Fragen dann laut vorzulesen.

„Auf welchem Kontinent lebt das Schnabeltier?" Las Kyra vor.

„Asien!" Antwortete Benno.

„Nein, Australien!" Rief Camilla mit erhöhter Stimmlage.

„Was ist ein Schnabeltier?" Wollte Taj wissen. Verblüfft schauten sie den jungen Surfer an. Stille trat ein. „Ne Spaß Leute! Ihr hättet eure Gesichter sehen sollen. Klar weiß ich, was Schnabeltiere sind. Übrigens, die gibt es in der Natur nur in Australien." Sagte Taj humorvoll.

„Das ist vollkommen richtig, Gratulation!" Lobte Kyra, dann gab sie das iPhone Taj.

Das Ferienhaus

Spät abends bewältigten sie auch diesen Zwischenabschnitt. Auch der Hunger fürs Abendessen machte sich bemerkbar. Culiacán beeindruckte aufgrund der baumbepflanzten Straßen, welche sich durch die ganze Stadt zogen. Sie parkten den Porsche in einer Seitengasse. Die Restaurantsuche kombinierten sie mit einem romantischen Abendspaziergang. Die Suche endete bei einem Imbissstand in der Nähe von Puente Negro. Die Brücken, das Gewässer und die grün-beige Stadt im Hintergrund harmonierten so wunderbar wie kein zweites Mal. Dies erkannte auch Kyra.

„Echt schön. Benno, bestellst du mir bitte einen Burrito mit Bohnen. Ich schieß ein paar Fotos. Danke!"

Sie ging bis zum Ufer, holte die Kamera heraus und stellte die Lichtverhältnisse um. Die leidenschaftliche Fotografin wartete, bis der Güterzug vorbeigerollt war und schoss dann mehrere Schnappschüsse. Sie hockte sich hin, stellte sich auf eine kleine Betonmauer und probierte noch etliche weitere Perspektiven aus. Währenddessen kaufte der Rest der Crew die Abendmahlzeit und gesellte sich ebenfalls zum Ufer. Zusammen genossen sie den Sonnenuntergang. Dabei aßen sie genüsslich die leckere Köstlichkeit.

„Danke. Ich bin euch unendlich dankbar, dass ihr mit auf dieser wichtigen Reise seid.“ Schwärmte Camilla und kuschelte sich dabei an Tajs Oberkörper.

Die Jugendlichen ließen den unglaublichen Moment auf sich wirken. Als die Sonne nicht mehr zu sehen war, machten sie sich wieder auf den Weg. Sie kauften beim nächsten Tankstopp Nachos und zwei Glasflaschen Pulque. Ein süßes Nationalgetränk mit geringem Alkoholgehalt. Sie hellen Scheinwerfer leuchteten die dunkele Fahrbahn überaus ausreichend aus. So bewegte sich die Crew sanft durch die Nacht.

Der Tag war so aufregend, erlebnisreich, aber auch anstrengend, dass sogar der unermüdliche Benno einschlief. Aus Rücksicht schaltete Taj das Autoradio ganz aus und genoss bei offenem Festem die stille Nacht. Der Surfer griff nach der Hand seiner Freundin unterbewusst, erwiderte sie die Geste und drückte zärtlich danach. Nach guten sechs Stunden Fahrt machten sie erneut eine Pause und spazierten mit Josi ein wenig durch die buntbeleuchteten Straßen von Tepic, um zum Frühstück und zur Schlüsselübergabe rechtzeitig in Sayulita zu sein, hielten sie die Pause kurz.

Die letzten vier Stunden fuhren sie durch und kamen um halb elf im Surfcup-Austragungsort an. Das azurblaue Meer faszinierte nicht nur die Jugendlichen, auch Josi war ganz außer sich. Sie folgten den Anweisungen des Navis und gelangten schließlich zum Ferienhaus, obwohl Haus beinahe eine Untertreibung wäre.

Das zweistöckige Anwesen verfügte über einen Balkonpool eine rundum Aussichtsplattform und bot jede Menge Platz. Das Gebäude war mitten im Grünen, unter dem riesigen Carport parkte ein VW Käfer. Daneben standen ein Quad und mehrere Surfboards. Sie stellten den SUV darunter ab und wurden sofort von der Vermieterin begrüßt.

„Guten Morgen! Ich heiße Maria Pérez. Ich hoffe, ihr hattet eine gute Anreise. Kommt mit, ich zeig euch alles." Die Crew folgte der schwarzhaarigen Frau in den Eingangsbereich.

Im unteren Stockwerk befanden sich die Schlafzimmer und die Lounge, dann gingen sie die Treppen aus weißem Marmor hinauf und gelangten zum offen gebauten Obergeschoss. Neben Küche, Essbereich und beleuchtetem Pool befand sich auch ein modernes Badezimmer auf der Etage.

„Von hier aus sind es nicht einmal hundert Meter bis zum Strand." Erzählte Maria. Daraufhin wickelten sie das Bürokratische ab und verabschiedeten sich von der netten Mexikanerin.

„Zuerst Pool oder ATV?" Fragte Taj aufgeregt seinen Freund.

„Schwimmen können wir auch am Abend ... Auf gehts in die Wildnis!“ Taj gab Camilla einen Kuss zum Abschied und verschwand mit Benno im Carport.

Da stand es, das Yamaha mit mehr als fünfzig PS, eines der besten Quads der Welt. Sie setzten die Helme auf. Spielten Schnick-Schnack-Schnuck und entschieden so, wer zuerst fahren durfte. Benno verlor und setzte sich hinter Taj. Und weg waren sie. Taj verließ das Grundstück und bewegte sich über einen unbefestigten Waldweg. Die zwei Mädels zogen sich ihre Bikinis an. Mit der Musik von Kygo hüpften sie ins Kühle.

„Echt angenehm! Wait! Ich hole uns etwas zu trinken aus dem Kühlschrank.“ Sagte Kyra.

„Yeah!“ Stimmte Camilla zu.

Die Fotografin öffnete das gekühlte Weinfach und holte einen Champagner aus Frankreich raus, im Vorbeigehen nahm sie zwei Gläser mit. Gemeinsam mit Josi stieg sie nun auch in den erfrischenden Pool.

„Oh, was ist der Anlass?“ Fragte Camilla gespannt.

„Wir waren jetzt mehr als einen ganzen Tag durchgehend mit den Jungs zusammengepfercht. Außerdem hast du in einer Woche die Chance deines Lebens, eine weltbekannte Sportlerin zu werden.“

„True! Also Cheers. Jetzt müssen wir dir nur noch einen Anständigen Typen suchen." Sie drehten die Wellnessdüsen auf und stießen mit den Weingläsern an.

Das Quad war auch schon lange nicht mehr zu hören, und die Surferinnen genossen den Klang des Waldes und das Meeresrauschen, ehe die jungen Männer wieder zurück zum Haus kamen.

Mittlerweile ging die Sonne schon unter. Und von den beiden Surfern war weit und breit nichts zu sehen. Die Mädchen probierten sie anzurufen, doch nach mehrmaligen Klingen ging die Mailbox ran.

„Ich mach mir echt Sorgen. Hier gibts Raubtiere, Ganoven oder gefährliche Klippen. Sollen wir die Behörden informieren?" Fragte Camilla beunruhigt.

„Ich auch. Wir warten noch eine halbe Stunde, und dann rufen wir den Notruf an."

Sie suchten einen Ferngucker. Und tatsächlich fand Kyra einen am Balkon. Damit schauten sie von allen Seiten der Terrasse. Doch nichts, keine Spur. Sie probierten es noch ein letztes Mal telefonisch wieder die Mailbox. Da Camilla besser Spanisch sprach, wählte sie den Notruf, nach einem fünfminütigen, emotionsgeladenen Gespräch überredete sie die

Behörden wenigstens einen Streifenwagen zu schicken. Die Brasilianerin verabschiedete sich und legte auf.

„Sie sagen, sie haben nicht genug Ressourcen und grundsätzlich werden Erwachsene erst nach vierundzwanzig Stunden gesucht. Immerhin kommt ein Streifenwagen und bietet uns seine Hilfe an."

Eine halbe Ewigkeit später hörten sie die Sirenen eines Polizeiwagens. Sofort nahmen sie Josi an die Leine und eilten zum Streifenwagen. Der Mexikaner schaltete die Sirene aus und stieg aus den dunkelblauen Dodge Charger. Auf der Seite stand in Weiß POLICÍA FEDERAL. Der eins-neunzig große Mann hatte einen Schnauzer und strahlte nur so Macht und Selbstbewusstsein aus. Kyra und Camilla begrüßten ihn und schilderten die Situation. Es stellte sich heraus, dass er perfekt Englisch sprach.

„Ich bin vor zwei Jahren aus Chicago nach Mexiko ausgewandert. Da ich meine Eltern aufgrund eines Drogenkartells aus Mexiko verloren hab, sorge ich nun hier für Recht und Ordnung."

Daraufhin ging er zum Kofferraum des Autos, holte drei Handscheinwerfer und eine Schrotflinte heraus. Er repetierte das Gewehr und sagte den Mädels, dass sie keine Angst haben sollten, sie würden die Jungs finden.

„Wir bleiben zusammen und gehen nebeneinander. Übrigens, ich heiße Mark."

Sie knipsten die Lampen an und bewegten sich zügig in die Dunkelheit hinein. Sie folgten so gut es ging, den ATV-Spuren, doch irgendwann verliefen die sich wortwörtlich im Sande. Jeden Meter, den die Mädels abgesucht hatten und nichts fanden, ließ die Hoffnung dahinschmelzen. Doch plötzlich zog Josi an der Leine und bellte ins Nichts.

„Hola, la policia esta aqui!" Rief Mark mit einer kräftig maskulinen Stimme.

„Nicht schießen! Wir sind Touristen. Ehm ... Los turistas!" Antworteten die Gestalten.

„Taj? Benno?" Im Lichtkegel des Scheinwerfers erkannten sie ihre Freunde, sie liefen zu ihnen hin und umarmten sie erleichtert.

„Wo wart ihr so lang?" Fragte Kyra besorgt.

„Das Benzin vom Quad war leer, und wir mussten es bis hierherschieben." Gemeinsam mit den Polizisten schoben sie es zurück zum Anwesen und betankten es dort mit einem Kanister.

Als Dankeschön luden sie Mark noch auf ein frisch zubereitetes Abendessen ein. Doch der gutherzige Helfer musste ablehnen, da er noch Dienst hatte. Kyra sprang über ihren Schatten und fragte Mark nach seiner Telefonnummer, er schaute sie spielerisch an und antwortete.

„Wähl einfach die 9-1-1!" Gefolgt von einem Zwinkern. Er lachte kurz und griff danach in seine Brusttasche. Er holte eine Visitenkarte hervor. Sie bedankte sich und winkte den sich entfernenden Streifenwagen zum Abschied. Verknallt stand sie noch etwa eine halbe Minute da und starrte einfach nur so die Straße entlang.

“Komm rauf Kyra, es gibt Burritos!” Vollkommen durch den Wind ging sie die weißen Stufen hinauf.

„Hä? Wer hat die gemacht, es war ja keiner da?“

„Eine kleine Aufmerksamkeit der Vermieterin.“ Erklärte Camilla.

Der Himmel war sternenklar. Die Crew verschlang nach diesem kräfteraubenden Abenteuer die Burritos. Weiter ging es mit einem gemütlichen Beisammensein am Lagerfeuer. Die Jugendlichen spissten Marshmallows auf und setzten sich an die Feuerstelle direkt am Strand. Benno holte aus der Küche noch ein Sixpack Sol und reichte seinen Freunden eins und gesellte sich dann ebenfalls zum gemütlichen Feuer.

„Kyra ... gibts da etwas, was du uns sagen möchtest?“ Bohrte Taj nach.

„Ehm, ich weiß nicht, was du meinst. Wohl zu lange die Abgase vom Quad eingeatmet. Warte ...“

„Jetzt mal Scherz beiseite, du solltest dich morgen mit ihm in der Stadt treffen.“ Fügte Camilla hinzu.

Mit Kribbeln im Bauch stimmte Kyra zu und holte ihr Smartphone raus. Sie suchte die Nummer von Mark und machte sich daran, eine Nachricht zu verfassen.

Kyra: „👋 Wie gehts? Jedenfalls würde ich gerne morgen mit dir was machen wollen. hbu 😊😘“

Sie zögerte einen Moment, trank einen Schluck von ihren Bier und drückte dann auf Senden.

„Whuuu! Ich bin so nervös. Bringt wer den Tequila?!“

Dies ließen sich die beiden Surfer nicht zwei Mal sagen. Benno holte eine Flasche Herradura. Während Taj vier Shotgläser, Salz und Zitronen holte. Die Crew streute das Salz auf den Handrücken, leckte es ab und tranken den Tequila in einen Zug aus. Um den Geschmack zu neutralisieren, nahm jeder noch einen Schluck vom Bier hinterher.

„Bing Bing“ Alle schauten zu Kyra.

„Oh, ich glaub, er hat geantwortet.“

Mark: „Buenas noches. Gerne können wir morgen was unternehmen. Ich habe um zwölf aus. Ich hol dich dann ab und ich zeig dir Sayulita 🌸“

Zufrieden und überglücklich stieß sie einen lauten Freudenschrei aus. Gemeinsam leerten sie noch eine Flasche Tequila, ehe sie sich in ihre Himmelbetten legten. Camilla und Taj schliefen in einem Bett, genau wie Benno und die Hündin. Nur Kyra legte sich allein in ihr Schlafgemach, allerdings hoffte sie, dass sich das bald ändert. Aufgrund der frischen See und Waldluft schliefen sie so gut wie lange nicht mehr.

Regnerischer Nachmittag

„Hoffentlich ist das Unwetter bis Date vorübergezogen.“ Murmelte Kyra vor sich her, während sie in die Küche ging. In der Küche stand schon der oberkörperfrei Taj und briet Spiegeleier.

„Guten Morgen. Wo ist Camilla?“

„Hey, die wollte noch eine Runde Joggen gehen.“

„Bei Regen?“

„Ja, sie sagte, wenn es schöner ist, will sie surfen gehen, verrückt nicht?“ Mit einer respektvollen Geste setzte sie sich an den Tisch und begann mit den beiden Jungs das Frühstück zu verspeisen.

„Eyy Benno? Isst du ernsthaft die Spiegeleier mit Salsa?“ Fragte Kyra mit einem verzogenen Gesichtsausdruck.

„Die stand noch im Kühlschrank, und ich dacht mir, warum nicht?“ Noch bevor Kyra zum Gegenangriff starten konnte, wurde sie von der verschwitzen und vom regendurchnässten Camilla unterbrochen.

„Morgen Leute! Alles klar? Mhhmm Spiegelei mit Salsa, lecker!“ Es herrschte Stille. Die Brasilianerin küsste ihren Freund auf den Hals und flüsterte ihm etwas ins Ohr.

Taj horchte auf, er ließ die Gabel fallen und sprang blitzschnell von seinem Stuhl auf, die Morgenmüdigkeit war sofort weg. Wenige Sekunden konnten sich die anderen zwei zusammenreimen, was sie ihm geflüstert hatte. Das Pärchen verschwand im Badezimmer und wenige Sekunden später hörten sie, wie jemand die Dusche aufdrehte. Benno und Kyra aßen fertig und machten dann gemeinsam den Abwasch.

„Danke für die Hilfe. Was treibst du heute noch so?" Fragte sie Benno.

„Da es jetzt eh aufgehört hat zu regnen, werde ich mit Josi eine Erkundungstour machen. Viel Spaß bei deinem Date!" Sie umarmten und verabschiedeten sich fürs Erste.

Infolgedessen ging Kyra zu ihrem Koffer und suchte etwas zum Anziehen raus. Nach einer Weile entschied sie sich für graue Uggs und ein langärmliges weißes Kleid. Benno und Josi hatten das Haus bereits verlassen, als die anderen im Bademantel wieder auf die Terrasse kamen.

„Wow! Kyra, du siehst echt spitze aus!" Lobte Camilla. Aus heiterem Himmel ertönte eine laute Autohupe von der anderen Seite des Hauses.

„Mark!" Sie verabschiedeten sich und Kyra begrüßte den Polizisten mit einer festen Umarmung.

Wie ein richtiger Gentleman öffnete er ihr die Beifahrertür seines roten Dodge Ram. In der Stadt angekommen, parkte er sich neben den Sayulita Plaza hin. Im Matiz kaufte er ein paar Cocktails und setzte sich mit ihr hin. Verliebt schauten sie einander an, nicht nur die Eiswürfel schmolzen dahin. Langsam und behutsam streckten sie ihre Hände aus, um die des anderen zu berühren, die Innenseiten der Handflächen schmiegten aneinander und beide vergaßen aufs Sprechen. Lediglich romantisches Schweigen. Die zwei lächelten nur und verspürten ein warmes Gefühl im Herzen.

„Lust ein wenig am Strand spazieren zu gehen, Kyra?" Fragte Mark.

„Liebend gern." Ihre Wangen erröteten sich und sie trank den Rest vom Cocos Flip aus.

Auf den Weg zum Strand streiften ihre Hände, und die beiden nutzten die Gelegenheit und griffen danach. Zufrieden schauten sie einander an. Es entstand Kuss-Stimmung. Doch Mark baute noch mehr Spannung auf, schaute zum Meer und schlenderte mit ihr weiter den Strand entlang. Doch dann war es so weit Mark blieb stehen und griff nach der zweiten Hand von Kyra. Sie blickten einander tief in die Augen. Mit seinen kräftigen Händen führte er die Schönheit zärtlich zu sich. Sie neigte ihren Kopf leicht und er drückte langsam seine Lippen gegen ihre. Der Schnauzer störte sie dabei nicht. Im Gegenteil, Kyra gefiel dieses zusätzliche Kribbeln sogar. Es begann langsam wieder zu regen. Doch sie ließen sich nicht anmerken und küssten einfach weiter.

„Ehm, etwas wierd, aber wie alt bist du?“ Fragte Kyra. Mark strich eine nasse Strähne von ihrem Gesicht zu Seite und antwortete lässig.

„Achtundzwanzig, du?“

„Oh Gott, ich dachte, du wärst älter. Ich bin vierundzwanzig.“

Sie schaute wieder rauf zu ihrem Date und sie konnte nichts anderes als zu lächeln. Die schwüle Umgebung und die Tatsache, dass die beiden ganz allein am Strand sind, machte dies zu einem unvergesslichen Moment. Als die beiden jedoch ganz nass waren und der Regen noch lange dauern würde, beschlossen sie, sich unter den Palmen ins Trockene zu bringen. Plötzlich stolperte Kyra über einen Stein und da sie Händchen halten liefen, fielen beide in den Sand. Sofort untersuchte Mark hilfsbereit den Knöchel, er zog ihr den linken Stiefel aus und brachte sein ganzes medizinisches Fachwissen zum Einsatz.

„Zum Glück nur aufgeschürft, nichts Ernstes.“

„Ich glaub, es wäre besser, wenn du dein nasses Shirt ausziehst, bevor du noch krank wirst.“ Sagte Kyra. Sofort zog er sein Shirt aus und warf es in den Sand. Zum Vorschein kam ein durchtrainierter Oberkörper.

„Jetzt du.“ Flüsterte er ihr ins Ohr.

„Zieh du es mir doch aus.“

Behutsam streifte er ihr das weiße Kleid über den Kopf ab, sie blickten einander erneut an. Anschließend gab Kyra den Polizisten einen Schubser das er ganz am Boden lag. Natürlich warf sie sich auf ihm und küsste seinen Hals. Mark schmiegte seine Hände um sie und griff ihr in den Haaren, ein leichter Zug reichte aus, um Kyra zum Stöhnen zu bringen. Aber dieses Spiel konnte sie auch, da sie dabei war, sein Körper mit ihrer Zunge zu erkunden, ließ sie es sich nicht entgehen, ihm mit kleine Bisse zu ärgern ...

Als der Regen wieder aufhörte, setzte sich Mark auf und nahm ein bisschen abstand, denn er wollte nichts übereilen. Er mochte Kyra sehr und wollte das Ganze langsam angehen.

Währenddessen gingen Camilla und Taj einige Hundert Meter entfernt Surfen, sie waxten ihr Board ein und paddelten aufs offene Meer hinaus. Bei 27 °C Wassertemperatur benötigten sie keinen Neoprenanzug. Draußen angekommen positionierten die beiden ihre Surfboards nebeneinander und gaben sich einen Kuss. Mit dem Shaka-Zeichen begannen sie die erste Welle in Mexiko zu surfen.

„Yeeeeew!“ Schrien beide, als sie die Barrel finishten.

Nach der Surfsession hingen sie noch ein Krafttraining hintan. Hierzu kehrten die Profisurfer wieder zum Anwesen zurück. Sie gingen zum Balkon, liefen sich an der Kante runterhängen und vollzogen Klimmzüge, es klingt gefährlicher, als es tatsächlich war. Im hängenden Zustand trennte sie ein knapper Meter zum Boden, also vollkommen unbedenklich.

„Und eins und zwei und ...!“ Keuchten sie gleichzeitig. Nach guten fünfzig Wiederholungen waren sie endgültig mit ihren Kräften am Ende, sie ließen los und fielen zu Boden. Nach einem High-Five begann der romantische Teil des Tages. Erst mehrere Minuten Knutschen, gefolgt von einer sinnlichen Massage im Pool. Zur Musik von Lana Del Rey tranken sie Cocktails und genossen den aufs Glasdach prasselnden Regen. Auch Benno und Josi hatten die Nase voll und hüpften ebenfalls ins Schwimmbecken.

„Yo Leute, solltet ihr nicht für den Surfcup trainieren. Aber ich sehe euch nur tropische Cocktails schlurfen.“ Sagte Benno.

„Dude! Alles schon erledigt. Am Abend gehen wir aber alle zusammen, oder?“ Konterte Taj.

„Safe!“ Benno mixte ebenfalls einen Drink und stieß mit den anderen zwei auf eine legendäre Zeit in Mexiko an.

„Irgendwie ist es langweilig, spielen wir doch ein Trinkspiel!“ Schlug Camilla vor.

„Flaschendrehen im Wasser könnte etwas schwieriger werden.“ Sagte Benno mit einer witzigen Stimmlage.

Die Brasilianerin fischte ihr iPhone aus ihrer Hose und startete eine Plicht oder Wahrheit-App.

Sie tippte die drei Namen ein und begann vorzulesen.

„Taj. Was wählst du?“

„Wahrheit.“

„Fad! Hast du schon mal etwas gestohlen?“ Der junge Surfer überlegt kurz und antwortete schließlich zögerlich.

„Ja, vor ein paar Jahren habe ich mal eine Badehose gestohlen. Allerdings war es echt ein Notfall und na ja, eine Woche später habe ich gestanden und bezahlt.“ Von Tajs Ehrlichkeit beeindruckt, schwamm Camilla mit einem Zug zu ihrem Freund, dann umarmte sie ihm und küsste ihn. Taj nahm währenddessen das Smartphone an sich und fragte Benno.

„Bevor das hier ein Kindergeburtstag wird, nehme ich Pflicht.“

„Du musst die Unterwäsche vom anderen Geschlecht anziehen.“ Verdutzt schaute er in die Runde. Das Pärchen unterbrach ihre Aktivität und sie konnten ein Gelächter nicht verkneifen.

„Keine Sorge, in der großen Tasche in der Küche habe ich einen zweiten Bikini. Er gehört ganz dir.“ Mit finsterer Miene verschwand er im Haus.

Wenige Minuten später schlichte er wieder zurück auf den Balkon. Camillas roter Bikini stand ihm wie angegossen.

Natürlich zwackte es hier und da, aber allem in allem war er echt eine Augenweide, um noch eins draufzulegen, walkte er nun mit einer sexy Gangart zum Pool. Taj pfiff so wie ein Bauarbeiter, welcher eben eine schöne Frau gesehen hatte.

„Okay Leute, der Regen hat aufgehört. Let`s surf!" Erwähnte Camilla mit einer unüberhörbaren Vorfreude.

Benno war überglücklich, dass das Spiel nun vorbei war. Endlich konnte er wieder in seine weite geblümte Badehose zurück. Die drei Surfer holen ihre Boards und joggten hoch motiviert zum Strand. Voller Vorfreude, das erste Mal in Sayulita ins Meer zu gehen, vergaß Benno beinahe die Leash festzumachen. Zum Glück wurde er dran erinnert, als er auf den Weg ins Wasser darüber stolperte.

„Dude, aufpassen!" Rief ihm Taj zu.

Wenige Minuten später waren alle drei Surfer rausgeschwommen. Nacheinander nahmen sie eine große Welle nach der anderen. Mit der Zeit wurden sie immer besser und trauten sich auch mehr zu. Sie waren so vertieft ins Surfen, dass die den schwarzen Pick-up, welcher am Strand parkte, nicht bemerkten. Aus dem Jeep stiegen fünf duster angezogene Gestalten aus. In einer Gruppe gingen sie zu den an Land zurückgelassenen Sachen der Crew, sie durchwühlten die Sachen. Da wurden sie auch von Benno ertappt. Ohne nachzudenken, surften die drei zu den Verdächtigen.

„Yo! Was macht ihr da!“ Rief ihnen Taj aus einiger Entfernung schon zu.

Die Gang ließ vom Durchsuchen ab und ging angespannt auf die anderen zu. Die beiden Seiten kamen in einigen Metern Entfernung zum Stehen, dann sprach offensichtlich der Anführer.

„Das hier ist unser Strand! Wenn ihr Morgen noch eure Tacos essen wollt, solltet ihr euch von hier Fernhalten.“ Unbeeindruckt dessen konterte Benno mit einer finsteren Miene.

„Bro. Wir trainieren hier nur für den BSC. Also chill mal und lass uns hier in Ruhe unser Ding machen!“

Der Typ drehte sich zu seiner Gang und sprach irgendetwas in einen spanischen Dialekt. Dann wandte er sich wieder den Außenseitern zu, setzte ein falsches Lächeln auf und ging langsam auf sie zu. Schließlich blieb er etwa ein halber Meter vor Benno stehen. Für einen unendlich scheinenden Moment starrte er Benno in die Augen. Er holte zum Schlag aus und verpasste ihm einen kräftigen Schlag. Doch Benno steckte den Rechten hacken ganz gut weg und boxte zurück. Nun liefen auch die anderen Typen auf ihnen zu.

Taj stellte sich schützend vor Camilla und wehrte jeden Angriff gekonnt ab. Es dauerte nicht lange, bis sie zu dritt Benno und Taj in den Sand warfen, die anderen zwei hielten Camilla fest und verbanden ihren Mund mit einen Bandana-Tuch.

„Peng! Peng!“ In einiger Entfernung wurden zwei Pistolenschüsse in die Luft abgegeben. Eine Sekunde später nährte sich auch schon der rote Wagen des Besitzers.

Sofort ließen die maskierten Typen die Brasilianerin los und eilten zum Geländewagen. Noch bevor der Retter in der Not das Geschehen erreichte, waren sie auch schon verschwunden. Sofort erkannten sie, wer ihnen da zur Hilfe eilte, Marks roter Dodge blieb mit Kyra als Beifahrerin vor den Angegriffenen stehen.

„Hey, Leute gehts euch eh gut? Die Surfergang kontrolliert hier fast den ganzen Strand.“

„Uns geht es gut. Nur ein paar blaue Flecken und kleine Schürfwunden.“ Antwortete Camilla. Kyra und Mark reinigten die offenen Wunden und kühlten die geschwollenen Stellen der Verletzten.

„Was habt ihr gemacht, dass die euch so arg verprügelt haben?“

„He, immer schön langsam. Ich würde sagen, es stand unentschieden und wenn ihr nicht dazwischengefunkt hättet, wären die so verprügelt worden!“ Antwortet Taj gekränkt.

„Ich glaub, die haben doch etwas zu viel auf die Birne bekommen.“ Meinte Kyra und alle bis auf Taj mussten laut lachen.

„Was machen wir jetzt Leute? Wir müssen für den Wettbewerb trainieren!“ Sagte Benno mit einer unsicheren Stimme.

„Ich werde schauen, was ich da tun kann. Vielleicht kann ich veranlassen, dass in der Nähe vom Strand öfter Polizisten Patrouille gehen.“ Schlug Mark vor.

Die Crew bedankte sich und sie machten dort weiter, wo sie vorhin unterbrochen wurden. Sie schnappten ihre Boards und liefen zum Strand, Mark stoppte Kyra für einen Augenblick und flüsterte ihr etwas ins Ohr.

„Ich bin zwar am Strand und passe auf. Sei aber dennoch vorsichtig.“ Dann zog er sie zu sich und küsste sie.

Danach ging der Polizist zu seinem Pick-up und holte seine private Waffe heraus. Er versteckte die Pistole unter seinem Langarmshirt und schlenderte ebenfalls zum Strand.

Camilla und die anderen drei waren bereits rausgepaddelt. Mark nahm auf einen Liegestuhl Platz und wachte über die Jugendlichen. Die Surfer surften einige Wellen und hatten den Spaß ihres Lebens. Ab und zu schmusten die beiden Pärchen miteinander rum, unbekümmert legte Benno ich auf sein Board und ritt derweilen die nächste Mörderwelle.

Camilla und Taj bleiben noch etwas länger im Meer. Die anderen zwei hatten nach der langandauernden Surfsession genug und setzten sich zu Mark an den Strand. Kyra holte gleich darauf ihre Kamera und machte Fotos für Instagram.

So werden bestimmt auch Sponsoren auf die Profisurfer aufmerksam, dachte sie. Mit dem Sonnenuntergang beendeten auch die fleißigen Surfer die Surfstunde, welche am Rande bemerkt, um ein Vielfaches länger dauerte als sechzig Minuten.

„Endlich! Ich verhungere gleich, Bro!“, jammerte Benno seinen Kumpel Taj an.

Der Angriff

Die Surfer zogen ihre Badeklamotten aus und eine Abendkleidung an, die Jungs entschieden sich für einen Baja-Poncho und die Mädchen für gestreifte Jumpsuits. Nach dem Mark ein traditionelles mexikanisches Gericht gezaubert hatte, gingen alle noch auf die Terrasse und tranken ein Corona gemeinsam. Kyra und ihre neue Bekanntschaft saßen etwas abseits und beobachteten die Sterne.

„Wow, schau eine Sternschnuppe!“ Sagte Mark sanft zu ihr.

„Jetzt darfst du dir was wünschen.“ Sie drehte sich zu ihm, schaute in seine Augen und küsste ihn.

Nun waren sie einander schon so vertraut, dass es weit über den Zungenkuss hinaus ging. Nach leidenschaftlichem Gefummel verabschiedete sie sich und verschwanden im Schlafzimmer.

„Wir können auch Spaß haben, wer ist dabei?“ Fragte Benno die zwei anderen, währenddessen er Josi streichelte. Verwirrt starrten Taj und Camilla ihm an.

„Marshmallows natürlich an was für ein krankes Zeug dachtet ihr denn?“

Er stand auf und holte aus der Küche die Marshmallows und drei längere Holzspieße. Sie steckten ein Stück auf das vordere Ende des Holzes und hielten es ins Feuer. Ein langsames Drehen und der richtige Abstand sorgten dafür, dass die Marshmallows eine gold-braune Kruste bekamen. Da die restliche Crew nun auch ausreichend getrunken, gegessen und spaßgehabt hat. Gingen auch sie ins Schlafgemach. Taj und Camilla fielen sofort ins Bett. Benno legte sich mit Josi in eine Hängematte und dachte über sein Leben nach.

„Was mache ich nach dem Urlaub? Wieder von neun bis fünf arbeiten und dann noch eine Ewigkeit hin und zurückfahren?"

Allerdings wirkte das viele Fragenstellen, wie Schäfchen zählen und ihm vielen ebenfalls die Augen zu. Dank der großzügigen Freiluftbauweise das Anwesen schliefen sie seelenruhig dahin.

Plötzlich wurden alle gleichzeitig von lauten Schreien und noch lauterem Lärm aus dem Schlaf gerissen. Die Alarmanlage wurde zwar ausgelöst, nicht desto trotz waren dennoch Eindringlinge auf das Grundstück gelangt. Mark und Taj erkannten sofort, wer sie angreifen würde. In der Einfahrt parkten ein Jeep und zwei Motocross-Bikes mit laufendem Motor. Die Fahrer waren aber nicht mehr zu sehen. Der Polizist wies Taj dazu auf, Camilla und Kyra in Sicherheit zu bringen. Mittlerweile stand Benno ebenfalls auf den Balkon und bekam von Mark eine Waffe in die Hand gedrückt.

„Shit! Nicht schon wieder!“ Er entsicherte die Waffe und knipste seine Taschenlampe an.

Taj zog seine Schrotflinte, die am besten für die derzeitige Situation geeignet war. Der Polizist selbst hatte nun nur noch ein taktisches Navy-Seal-Messer. Doch dies reichte mit seiner Kampferfahrung vollkommen, um den Gegner auszuschalten.

Behutsam arbeiteten die beiden sich nun von Raum zu Raum. Es dauerte nicht lange, da standen sie schon ein vermummter Gangmitglied gegenüber. Benno erkannte in der Sekunde, dass sein Gegner nur mit einem Baseballschläger bewaffnet war. Er zielte auf seine Schulter, drückte ab und traf ihm am Oberarm. Der Typ holte zum Schlag aus, doch wurde davor jedoch von Mark zu Boden gerissen und mit einem Nylonseil geknebelt. Zwei weiter Angreifer sahen dies, sprachen was auf Spanisch und verschwanden.

„Komm Benno, wir müssen nach Taj und den anderen schauen!“ Er nickte und folgte Mark in dem Schlafzimmer.

Wenige Sekunden fanden sie die anderen drei, allerdings waren die Gangster schneller. Ratlos schaute Benno den Polizisten an, dieser reagierte vorbildlich, riss ihm die Pistole aus der Hand und feuerte mehrere Warnschüsse ab, sie verstanden die Warnung und liefen zurück zum Auto.

„Geht es euch gut?“ Fragte Mark besorgt nach.

„Ja alles bestens! Aber wo ist Josi?“ Erwiderte Kyra. Sofort schauten alle herum. Getrennt eilten sie im Haus herum und riefen ihren Namen.

„Ey Leute! Ich habe sie. Kommt schnell her!“ Rief Taj von der Garage raus.

„Josi!“ Die Hündin lag in einer riesigen Blutlache und bewegte sich nicht.

Ungläubig fiel Benno zu Boden und schmiegte sich an sie. Gleichzeitig untersuchte er die Wunde und checkte, ob sie noch atmete.

„Sie lebt noch, ich schätze, es ist eine Schnittwunde! Sie muss sofort ins Krankenhaus!“ Schrie er aus tiefster Seele.

„Verstanden, wir tragen sie zur Ladefläche meines Trucks und bringen sie ins nächste Spital!“ Antwortet Mark.

Auf der Fahrt ins Krankenhaus kündigte der Polizist die Lage via Funkgerät an und ein Operationssaal inklusive Tierärztin wurde vorbereitet. Kyra, Mark und Taj saßen in der Fahrzeugkabine, während Benno und Camilla die Wunden provisorisch auf der Ladefläche versorgten.

Der Dodge brauste mit Vollgas durch die kleinen Gassen. Der Polizist hatte aber schon ausreichend Fahrtraining, dass sie das Krankenhaus nach kurzer Zeit unbeschadet erreichten. Er parkte direkt vorm Haupteingang. Gemeinsam mit Taj und einem Sanitäter hievten sie Josi auf eine fahrbare Trage.

Benno unterstützte ebenfalls sie bis vor den OP-Saal zurollen. Die bereits dort wartenden Ärzte verboten allerdings jeden unbefugten Zugang, gemeinsam mit der restlichen Crew musste er nun im Gästebereich warten. Jede Minute der Ungewissheit fühlte sich immer schlimmer an, um wach zu sein, wenn die Ärzte kämen, trank er mehrere Becher Automatenkaffee. Die Crew betete, dass alles gut werden würde. In der Zwischenzeit bekam Mark die Rückmeldung eines Kollegen, dass sie den einen Angreifer festgenommen hätten, nun wird er zu den anderen Gangmitgliedern verhört.

Nach zwei Stunden betrat eine wunderschöne, brünette Mexikanerin den Raum. Ihre Augen zogen jeden in den Bann, der sie sah, mystisch und sexy zugleich. Schließlich konnte Benno seinen Blick abwenden und erkannte, dass sie für ihm eine essenzielle Rolle spielte. Sie war die Chirurgin, welche die Operation an Josi durchführte, sofort sprang er vom Stuhl auf und erkundigte sich nach der Hündin.

„Hey, wie geht es ihr?" Fragten Benno und Kyra besorgt.

„Buenas noches! Sie hat es glücklicherweise überstanden. In der nächsten Zeit sollte sie aber nur wenig Spazieren gehen. Sonst könnten die Nähte aufplatzen." Erklärte die Doktorin.

„Vielen, vielen Dank! Frau ...?" Sagte Benno.

„Pérez. Aber nennt mich Raffaela. Und ich nehme an, du bist Moana?"

„Benno Moana. Ja, genau, woher weißt du das?“ Fragte er erstaunt.

„Die Krankenakte. Und da du der einzige Hawaiianer bist, war die Wahl nicht schwer.“ Antwortete Raffaela mit einem zuckersüßen Lächeln.

Die Hündin brauchte einige Zeit, bis sie aus der Narkose erwachte, die Crew begrüßte sie vorsichtig. Nachdem sie Josi ausgiebig gestreichelt hatten, verließen sie wieder das Krankenhaus. Am Weg zum Auto kreuzte zufälligerweise Raffaela den Weg. Benno wusste, wenn er sie jetzt nicht nach einem Date fragen würde, würde er es in wenigen Sekunden bereuen, es nicht getan zu haben.

„Raffaela! Ich wollte mich noch mal vom ganzen Herzen bei dir bedanken.“

„Gerne doch, das sind mein Job und meine Leidenschaft.“

„Willst du vielleicht mal mit mir etwas in Sayulita unternehmen?“ Fragte er zurückhaltend. Sie schaute ihm in die Augen, lächelte und sagte.

„Ja, sehr gerne sogar. Hier meine Nummer. Ruf an, wenn du Zeit hast!“ Dann umarmte sie ihn und stieg in den Aufzug.

„Yesss!“

Vorsichtig hoben sie die Hündin auf die Rückbank und hielten sie während der Fahrt von beiden Seiten fest.

Beim Anwesen angekommen, trafen sie zwei Polizisten. Sie wurden dort zum Personenschutz hinbeordert. Sie begrüßten Mark und setzten ihre Patrouille ums Haus fort. Camilla und Benno machten gemeinsam das Frühstück für alle. Taj reinigte die Überreste des Angriffs weg. Und die anderen zwei versorgten Josi. Kyra schaute dabei Mark ganz verlegen an, da sie das ganze Kämpfen sehr männlich und anregend fand. Sobald sie fertig waren, nahm sie ihm bei der Hand und zog ihm in ihrem Schlafzimmer.

„Jedenfalls?! Benno und ich haben Pancakes gemacht. Wenn die zwei lieber etwas anderes machen, ist das deren Pech. So bleibt uns mehr."

Camilla und Taj beschlossen, nach dem Essen in die Stadt auf ein spontanes Date zu fahren. Da es die anderen zwei nicht so schnell aus dem Schlafzimmer kommen würden, blieb Benno mit Josi am Balkon zurück. Nachdenklich blicke er auf sein Smartphone.

„Was, wenn sie beschäftigt ist? War das in der Nacht ernst gemeint? Und wenn ja, zu früh will ich ihr auch nicht schreiben." Zum Glück wurde ihm die Entscheidung abgenommen. Die Mischlingshündin stupste seinen Arm mit ihrer feuchten Schnauze in Richtung des Handys.

„Okay, ich schreib ihr ja schon, Nervensäge."

Benno: „Aloha! Ich bin`s, der Hawaiianer von letzter Nacht. Eigentlich Halbhawaiianer. Jedenfalls wollte ich dich fragen, ob du heute Abend schon was vor hast “

Ungeduldig schaute er alle fünf Minuten auf sein Handy. Doch immer noch keine Nachricht. Nach einer guten Stunde kamen Kyra und Mark wieder auf die Terrasse und tranken gemeinsam mit Benno eine Tasse Kaffee.

„Hast du der Raffaela schon getextet?“ Fragte Kyra neugierig.

„Ja klar, aber sie hat immer noch nicht geantwortet. Vielleicht war es ein Fehler.“ Mit zusammen gekniffenen Augen schaute der Polizist Benno ungläubig an.

„Ey Mann! Du hast es immerhin probiert. Um das geht es im Leben. Ein weiser Mann sagte mal, dass wir die Dinge bereuen, die wir nicht getan haben, als jene, welche wir eben doch gemacht haben.“

„Danke Dude. Trotzdem zerreißt es mich innerlich komplett.“ Mark nickte und reichte ihm ein geöffnetes Bier. Kyra hingegen wusste, dass Alkohol nicht die Lösung sei, und spielte auf ihren iPhone „*When Will I Be Loved*“ ab.

In der Zwischenzeit waren Camilla und Taj in der Innenstadt angekommen. Sie starteten ihr Date mit einem

Abstecher bei einem der zahlreichen Eissalons. Das immer noch wie am ersten Tag verliebte Pärchen genoss das Date in vollen Zügen. Nachdem beide ihr Eis gegessen hatten, bemerkte Camilla, dass ihr Freund noch etwas Vanilleeis auf der Wange hatte. Statt es einfach wegzuwischen, schleckte sie es mit ihrer Zunge ab. Wenige Meter später bogen sie in eine kleine Gasse mit Pflastersteinen und Palmen ein. Zufällig spielte eine kleine Mariachi-band gerade den Song Baila Me von den Gipsy Kings, und sie fingen spontan an, gemeinsam zu tanzen.

„Veo que yo siempre cantaré, Que solo vivo ...“

Sie tanzten, als hätten sie ihr Leben lang nur für diesen einen Tanz geprobt, und die Musiker spielten aus tiefstem Herzen.

Benno wollte sich eben ein neues Corona aufmachen, als er erstaunt sah, dass er eine neue Benachrichtigung bekommen hatte. Sofort tippte er sein Passwort ein und öffnete die Nachricht.

Raffaela: „Sorry, dass ich mich erst jetzt melde. Liebend gerne würde ich heute mit dir was unternehmen wollen. ich habe nachher aber eine OP. Wie wäre es morgen in der Früh? ♥ 😘“

„Übelst nice!“ Überrascht schauten Kyra und Mark zu Benno.

„Hat sie endlich geantwortet?“

„Klar, was dachtest du denn. Wir treffen uns morgen.“

Der Handel

„Los gehen wir surfen!", sagte Benno, Etwas zurückhaltend schaute Kyra ihren Freund und Benno an.

„Du weißt schon noch, was beim letzten Mal passiert ist?"

„Schau, wenn wir das mit Gewalt lösen, gewinnt niemand. Bei nächstem Mal will ich mit denen einfach nur reden!" Kyra schüttelt ungläubig den Kopf.

„Loco!"

„Fein, wir sollten aber nicht am offenen Wasser ganz ohne Rückzugsmöglichkeiten plaudern. Ich weiß, wo sich die Surfergang normalerweise aufhält." Kyra blieb im Anwesen zurück und passte auf Josi auf.

Benno und Mark fuhren mit dem Pick-up zum Hauptquartier der Gang. Da das Haus am Hügel stand und nur eine enge Gasse hinführte, mussten sie den restlichen Weg zu Fuß bewältigen. Am Ziel angekommen hatte man einen hervorragenden Blick auf das Meer und die Küste. Was auch zur Folge hatte, dass sie wahrscheinlich schon längst gesichtet worden sind und sie jeden Moment ein Empfangskomitee begrüßen würde.

„Wenn man den Teufel ruft ..."

Noch bevor die zwei bei der Villa ankamen, positionierten sich drei bewaffnete Gangmitglieder vor ihnen. Zwar waren die beiden nicht unbewaffnet. Jedoch mit einer Glock und einem Messer waren sie beim besten Willen unterlegen.

„Danos tus armas!“ Rief einer der Mexikaner, was bedeutete, dass sie ihre Waffen rausrücken sollten.

Benno griff langsam hinter seinen Rücken und zog behutsam die Pistole hervor und lag sie vor seine Füße. Mark tat es ihm mit seinem Navy-Seals-Messer gleich. Einer der drei Männer holte die Waffen und sie wurden ins Innere der Villa geleitet. In der Eingangshalle wurde ihnen befohlen, zu warten.

Sekunden der Ungewissheit vergingen. Abrupt erstarrten die anwesenden Gangmitglieder. Demütig schauten alle zur Treppe. Eine ganz in weiß angezogene Person stieg nun die Treppen hinab. Der offensichtliche Anführer trug eine Goldkette mit einem diamantbesetzten Haizahn.

„Seid mir gegrüßt, Gringos! Wie ich sehe, habt ihr unsere kleine Hütte gefunden. Entweder seid ihr schlauer als ihr ausseht oder einfach nur loco!“ Daraufhin stießen die anderen Mexikaner ein kurzes Gelächter aus.

Der Anführer gab seinen Untergebenen ein Zeichen, dass sie wieder still sein sollten. Gefolgt von einer weiteren Geste die „Gäste“ ins Nebenzimmer zu bringen. Der Raum, eine Art Wohnzimmer, war so eingerichtet, wie man es sich vorstellte.

Mehrere Sitzgelegenheiten, Bongs, ein Flatscreen und jede Menge exzentrische Deko. Aus der riesigen Hi-Fi-Anlage hörte man „*Safari*“ von J Balvin. Sie setzten sich alle hin und warteten, bis Ramirez, der Anführer das Wort ergriff. Der tätowierte Mexikaner musterte die Zwei und schwieg für eine angespannte Minute.

„Ich nehme an, ihr wolltet nicht nur eine kleine Wanderung unternehmen. Es geht um den Vorfall von letzter Nacht.“ Er schwenkte sein Glas mit Eiswürfel ein wenig und setzte seinen Monolog fort. „Wer nicht hören will, muss eben fühlen. Oder was ist eure Meinung?“ Mark und Benno schauten einander an, dann antwortete ihm der Polizist.

„Glaubt ihr nicht, dass der Ozean groß genug für uns alle ist. Ich für meinen Teil wohne sogar hier in Sayulita und meine Freunde sind nur wegen des Surfcups hier. Das Surfen bedeutet dir und ihnen bestimmt dasselbe. Stimmts?“ Die Gangmitglieder, die Englisch verstanden, tuschelten daraufhin miteinander.

„Silencio! Ja, der Ozean gehört uns alle, aber der Strand nicht. Homie, du bist ein Cop, du weißt, was die Touristen mit unsrem Strand anstellen und wie sie ihm zurücklassen!“ Mark nickte zustimmend.

„Natürlich und das ist echt eine Schande. Ich versichere dir, dass diese jungen Erwachsenen auf keinen Fall irgendeinen Müll am Strand wegschmeißen." Nun ergriff Benno das Wort und führte den Ansatz weiter aus.

„Yo Dude, meine Freunde und ich verwenden so gut es geht kein Plastik und sollten unsere Boards ein Ding haben, reparieren wir es und kaufen uns kein neues. Lass uns doch zusammenarbeiten und nicht gegeneinander." Erneut quasselten die bewaffneten Surfer miteinander.

„Wie meinst du zusammenarbeiten?" Fragte Ramirez misstrauisch. Benno und Mark beugten ihre Köpfe zusammen und redeten leise.

„Wir würden vorschlagen, dass wir den Strand jeden Morgen reinigen. Also den Müll der anderen Touristen und im Gegenzug dürfen wir weiterhin für den Wettbewerb trainieren. Deal?" Er überlegte kurz und sagte:

„Hier eure Waffen. Wir akzeptieren. Aber nur unter der Voraussetzung, dass wir euch helfen. Je mehr, desto besser." Ramirez streckte den beiden seine Hand hin, sie schlugen ein und verließen daraufhin die Villa.

Beim Abstieg textete Mark seiner Freundin, dass alles in Ordnung sei und sie von einer Imbissbude das Abendessen mitnehmen würden.

Taj und Camilla erfuhren von der positiven Wendung noch nichts. Ganz im Gegenteil, das Pärchen genoss das romantische Date in vollen Zügen und kosteten jeden Moment aus. Nachdem sie in der Gasse getanzt hatten, spazierten sie zum Strand und gingen spontan ins Meer, ganz ohne Board. Einfach nur schwimmen und die schaukelnde Zweisamkeit genießen.

„Sag mal Taj, warum bist du noch so gelassen? In wenigen Tagen ist der Wettbewerb. Ich kann nur noch daran denken." Der junge Surfer machte ein paar kräftige Schwimmzüge, schaute sie an und antwortete.

„Ganz einfach. Wenn ich dich nicht getroffen hätte, würde ich wahrscheinlich komplett durchdrehen. Aber seitdem du in meinem Leben bist, weiß ich, sollte ich nicht gewinnen, habe ich immer noch dich. Klar, Surfen ist mein Leben, aber was nützt einem Erfolg, wenn man ihm nicht mit jemanden teilen kann."

„True!" Camilla legt ihre Arme um seinen Hals und küsste ihn. Gemeinsam schwammen sie dann zum Strand.

Hand in Hand saßen sie nun da und beobachteten ein paar kleine Kinder bei Sandburg bauen. Langsam verspürte die Brasilianerin ein immer wärmer werdendes Gefühl im Herzen, sie wusste, was dies bedeutete. Camilla konnte es nicht länger verbergen, sie wandte sich zum Surfer und sagte zu ihm.

„Ich liebe dich, Taj." Der junge Mann wurde rot und erstarrte diese drei Worte hörte er zum ersten Mal von einem Mädchen. Natürlich hatte er schon Beziehungen, allerdings spürte er, dass Camilla es wirklich ernst meinte, er schluckte, war sich aber schließlich sicher. Er musste seinen Schatten überspringen, Mut beweisen und ins kalte Wasser springen.

„Camilla, ich liebe dich auch." Dann küssten sie sich aus purer Zuneigung und Verbundenheit. Die beiden bekamen ebenfalls Hunger und beschlossen, wieder zurück ins Anwesen zu fahren.

Benno und Mark sahen zufällig einen Foodtruck und hielten an.

„Acht Wraps sollten reichen, oder?"

„Glaub ich auch zur Not haben wir eh noch Marshmallows."

Während das Essen frisch zubereitet wurde, kamen die beiden irgendwie über Kyra ins Gespräch, zunächst sagte Benno es ihm nicht, als Mark allerdings etwas nachbohrte, gestand er ihm, dass er und Kyra schon mal rumgemacht haben. Benno hatte die leise Vorahnung, dass Kyra es bereits ausgeplaudert hat. Früher oder später wäre es eh sowieso rausgekommen.

„Ey Bro, alles in bester Ordnung. Ist nichts dabei. Und immerhin hast du jetzt ein Date mit einer Ärztin.“ Mit einer brüderlichen Umarmung beendeten sie das emotionale Gespräch, bezahlten das Abendessen und machten sich auf den Heimweg.

Zeitgleich erreichten das Cayenne und der Dodge die Einfahrt zur Unterkunft. Mark gab Camilla ein Zeichen, das sie zuerst fahren konnte. Hintereinander fuhren sie beim Streifenwagen vorbei und parkten unter dem Carport. Da sie Kyra während der Fahrt schon getextet haben, standen bereits Teller und Getränke am Tisch. Die Crew nahm Platz und teilten die Wraps gerecht auf. Taj war gerade im Begriff, in sein Essen zu beißen, da unterbricht ihm Mark.

„Stopp! Wie wäre es, wenn wir ein kleines Tischgebet sprechen, für Sachen, für die wir dankbar sind.“

„all right, ich bin dankbar, dass ich hier mit meiner Freundin beim BSC teilnehmen darf.“

„Ich bin dankbar für meine Freunde, Josi und dafür, dass ich jeden Tag Surfen darf.“ Mark und Kyra bedankten sich gegenseitig und für die eigene Gesundheit. Camilla war als letzte an der Reihe und hielt ihre Ansprache kurz und bündig.

„Danke, dass wir hier sein dürfen!“ Nun begann das große Abendessen.

Am nächsten Morgen standen sie alle etwas früher auf. Immerhin hatten sie eine Abmachung mit der Gang. Sie aßen schnell das Frühstück und schlenderten darauf hin zum Strand, statt Pistolen und Messer waren sie mit Müllbeutel und Schaufel bewaffnet. Im Sand standen bereits ein Moto-cross und der Jeep. Einige der Surfergang reinigte bereits den Strand. Wo hin gegen die Restlichen noch Kaffee tranken oder einen Joint rauchten.

„Buenos dias! Wie ich sehe, seid ihr putzmunter. Lasst uns keine Zeit verschwenden und sofort loslegen.

Nun passierte etwas Wundervolles. Einstige Feinde gingen nun Schulter an Schulter nebeneinanderher und reinigten die Umwelt, sie ließen ihren Konflikt für eine größere, wichtigere Sache fallen. Der Strandabschnitt war recht schnell sauber. So gegen neun Ihr waren sie fertig und hoben den letzten Pappbecher auf.

Die Gang und die Crew hatten zusammen gute zwanzig prall gefüllte Müllbeutel, welche sie auf den Dodge Ram und den Gladiator warfen. Währenddessen Mark und einer der Gangster den aufgesammelten Müll zur Deponie brachten, setzten die anderen sich zu einem Sitzkreis zusammen.

„Vielen Dank, Amigos! Zusammen haben wir heute die Welt ein kleines Stück besser gemacht, kommt ein kleines Dankeschön an Huey und wir surfen eine Runde. Alle zusammen versteht sich." Sagte Ramirez abschließend. Daraufhin liefen acht Surfer mit Surfboard in die Wellen.

„Huey hat wohl mitbekommen, was wir getan haben. Seht euch diese krassen Wellen an!" Rief Taj enthusiastisch.

Das Date

Nach etwa zwei Stunden finishten sie die Session und kehrten die Crew kehrte zurück ins Anwesen. Doch vor der Einfahrt parkte ein weißer Mitsubishi. Im SUV saß und wartete niemand anderes als Raffaela. Aufgrund des intuitiven Surfabenteuers hatte Benno völlig die Zeit und somit aufs Date vergessen. Er stieg aus, verabschiedete sich von seinen Freunden und widmete nun seine ganze Aufmerksamkeit auf die bildhübsche Raffaela. Die Latina übersprang das Umarmen und gab ihm gleich je einen Kuss auf die Wangen. Erst danach umarmten sie sich. Die beiden stiegen wieder ins Auto und fuhren raus aus der Stadt auf den Highway. Wenig später erreichten sie einen Startpunkt für eine Wanderstrecke. Unterbewusst wusste Benno bereits, das erste Date in der Früh, eine Wanderung, und die Gespräche mit einer Doktorin würden bestimmt nie langweilig werden.

„Ich hoffe, das wird nicht zu anstrengend für dich." Schmunzelte Raffaela.

„Von Wegen, von mir aus können wir auch zweimal die Runde gehen."

„Abgemacht!"

„Wait, das war ein Scherz. Machen wir nach der Wanderung einfach irgendetwas ruhigeres." Die Ärztin lachte und zwinkerte ihm überzeichnet zu.

Über einen teils Stein teils Sand-Weg ging es für die beiden nun nach oben. Der Wald, welcher schon fast ein Dschungel war, machte das Date noch zauberhafter. Im Einklang der Natur konnten sie ihre imaginären Masken abnehmen und frei aus der Seele reden.

„Sag, wie bist du eigentlich dazu gekommen, Tierärztin zu werden?" Raffaela kicherte.

„Gute Frage. Als ich sieben Jahre alt war, fand ich am Nachhauseweg eine verletzte Babykatze, in ihrer Pfote steckte ein Stückchen Holz, ich nahm sie vorsichtig in den Arm, zog ihr das Stück behutsam raus und gab ihr etwas von meinem Lunchpaket."

„Sweet, und ich nehme an, seitdem wolltest du Tierärztin werden."

„Bingo."

Schweigend bewältigten sie nun den steilsten und anstrengendsten Abschnitt. Und schließlich nach etwa einer Stunde erreichten die beiden San Pancho. Da Raffaela schon mehrmals hier gewesen war, zeigte sie Benno zuerst ganz außer sich die Plaza. Jeder, der die farbenfrohen Gemälde zum ersten Mal sah, kam vor lauter staunen nicht mehr raus. Aber auch wenn man schon Dutzend Mal hier gewesen ist, die

Kunst versprühte immer noch einen lebhaften Charme. Nicht mal zehn Minuten konnte Benno die Plaza bewundern, da nahm ihm die Ärztin schon an der Hand und zog ihm zur Klippe.

„Oh Gott, läuft das Date so schlecht, dass du mich da jetzt runterwirfst?“ Fragte Benno panisch mit einem sarkastischen Unterton.

„Ne du Esel. So loco bin ich auch nicht.“

Bei der Klippe angekommen, erkannte er, was sie ihm zeigen wollte. Von diesem Punkt aus konnte man die komplette Bucht und Küste überblicken. Die beiden setzten sich auf einen Felsen nebeneinander hin, Schulter an Schulter und schauten den Wellen zu. Um ihr noch ein Stückchen näher zu kommen, legte er seinen Arm um sie. Daraufhin legte Raffaela ihren Kopf auf seine Schulter. Benno war kurz in der Versuchung, sie jetzt zu küssen. Allerdings würde es den unvergesslichen Augenblick zerstören und höchstwahrscheinlich würde sie dann denken, dass er nichts Festes suchte, doch dies war eben nicht so. Zärtlich strich er ihr durch ihre geglätteten, langen Haare.

„Hey hast du auch so einen Hunger wie ich?“ Fragte sie, wie aus dem nichts.

„Klar, da hinten gibt eine Pizzeria.“ Sie nahmen ihren Rucksack und liefen zum Restaurant einige Hundert Meter entfernt.

„Puuh. Du hättest mich ruhig vorwarnen können, dass wir jetzt einen Sprint laufen." Bemerkte Benno völlig außer Atem.

Die beiden nahmen auf einen Tisch mit roten Plastikstühlen Platz und bestellten die Pizzen. Nachdem sie gegessen hatten, machten sie sich wieder auf den Rückweg.

„Für den Nachmittag habe ich was ganz Besonderes in Petto." Sagte Raffaela stolz.

„Na, da bin ich mal neugierig. Hauptsache nichts zu anstrengendes!"

Zurück bei der Parkfläche angekommen, stiegen sie in den Wagen und machten sich auf den Weg zur nächsten Location. Währenddessen die beiden zu einer kleinen örtlichen Attraktion fuhren.

Inzwischen besichtigten Taj und Camilla vorab die BSC-Location. Morgen würden schon die ersten Vorrunden stattfinden. Die Tribüne und das Moderationszelt waren bereits aufgebaut. Die Eventtechniker machten sich nun daran, die Zelte für die Athleten aufzustellen. Lautsprecher und Abzäunungen wurden von weiteren Arbeitern aufgebaut. Ein wildes Durcheinander. Jedoch langsam konnte man die gigantischen

Ausmaße des BSC erkennen. Fast der komplette Strandabschnitt wurde bearbeitet.

„Wow, echt beeindruckend. Wird sicher echt cool morgen."

„Bing Bing." Vom Benachrichtigungston wurde ihr Gespräch abrupt beendet. Taj nahm sein Smartphone aus der Ponchotasche und checkte, wer ihm geschrieben hatte.

Benno: „Yo Dude! Raffaela und ich waren gerade bei einem Wasserfall in der Innenstadt. Wir würden Pizzen mitnehmen, welche wollt ihr? 🍕 😜"

„Camilla, Benno holt das Abendessen, welche Pizza willst du?"

Taj textete die zwei Pizzawünsche zurück und machte sich mit der Brasilianerin auf den Weg zum Ferienhaus. Später im Anwesen trafen alle erneut aufeinander. Unter dem Carport parkten die drei Autos.

Taj, Camilla, Benno und Raffaela saßen auf der stoffüberzogenen Holzbank, wo hingegen Kyra und Mark auf Stühle saßen. Selbstverständlich lag Josi unter den großen Tisch und wartete, bis jemanden aus "Versehen" etwas runterflog. Die Pizzakartons standen übereinandergestapelt auf den Marmortisch und wurden von Benno verteilt.

„Eine Capricciosa!?" Mark meldete sich.

„Zwei Frutti di Mare!?“, Taj und Raffaela hoben ihre Hände.

„Okay, und die restlichen sind Quattro Formaggi Pizzen!“

Genüsslich aßen sie und genossen im gemütlichen Beisammensein den warmen Sonnenuntergang. Da die Brüstung vom Balkon stabil genug aussah, schnappte sich jeder eine Flasche Corona und nahmen nebeneinander Platz. Wie aufgefädelt saßen die Sieben nun da, Schulter an Schulter.

„Wer hätte gedacht, dass wir alle einen Partner finden. Vor einem Monat waren wir alle noch einsame Wölfe. Und jetzt können wir hier Hand in Hand sitzen und das Leben zelebrieren.“ Sprach Benno mit erhobenen Bier.

Um den Augenblick noch ein wenig zu verbessern, spielte Camilla via Musikbox einen Song ihrer Playlist ab. Wenig später ertönten die unverkennbaren Bässe von *„Glorious“* by Macklemore. Um am nächsten Tag fit zu sein, ließen sie das übliche Tequila-ritual aus. Die Crew ging deshalb direkt nach Sonnenuntergang ins Bett, zum Glück gab es in dem Anwesen genug Betten. Allerdings wurden diese nur zusammengeschoben, so konnten die Pärchen zusammen schlafen.

Die Vorrunden

Zeitig in der Früh wurden sie auch schon vom Wecker aus dem Schlaf gerissen. Etwas sanfter als beim letzten Mal, allerdings hoch motiviert und sofort hellwach. Die Crew schaufelte rasch die Cornflakes rein und machten sich auf den Weg zum Strand. Mark und Benno nahmen die Boardbags der Surfer ab und trugen sie zum Vorbereitungszelt. Beim Eingang bekamen die Crew die Ausweise mit der Aufschrift Team California. Camilla und Taj hatten ihre Pop-up-Zelte nebeneinander. Sie legten ihre Surfboards auf das Gestell und begannen sie zu waxen. Danach hüpften sie in ihre Wetsuits und gingen zur Nummernausgabe.

Zuerst war Camilla an der Reihe. Mit einem Viel-Glück-Kuss von Taj stolzierte sie über die angespülten Muscheln ins Meer. Die Brasilianerin ging knietief ins Wasser, dann paddelte sie hinaus. Und schon kam die scheinbar perfekte Welle. Sie sprang auf und gewann sofort die Kontrolle. Als sie jedoch die Barrel surfen will, verliert sie das Gleichgewicht und legt ein glattes Wipe-Out hin. Von den gigantischen Wassermassen wurde Camilla für einen kurzen Augenblick unter Wasser gedrückt, als sie danach jedoch wieder auftauchte, watete sie niedergeschlagen ans Festland.

„Hey Camilla, mach dir nichts draus! Wenn du eine andere Welle genommen hättest, wärst du safe weiter.“ Versuchte Taj sie aufzumuntern.

Ihr Freund hatte nur wenig Zeit, ihren Gemütszustand wieder aufzubauen. Der Moderator rief Taj zur Startlinie, erneut küssten die beiden sich und Taj joggte lässig mit dem Board unterm Arm zum Startpunkt. Sein Konkurrent Franz, ein Surfer aus Norddeutschland, legte mit zwölf Punkten eine verdammt hohe Messlatte. Der Pfeifton ertönt und Taj bewegte sich aufs offene Meer hinaus. Er musst zwar die Flaute abwarten, erwischte jedoch eine größere Welle. Er wusste, dass, wenn er jetzt alles gibt, mit dieser Welle ins Finale kommt. Der Surfer vollführt zwei Tricks, surfte ohne Weiteres die Barrel und läuft zur Jury. Die Punktrichter tuschelten kurz und verkündeten dann laut das Ergebnis.

„Mit 13,5 Punkten kommst du ins Finale, viel Glück.“ Mit einem Shakagruß verabschiedete sich die Crew für heute. Außer sich vor Freude stieß Taj einen trommelfell-platzenden Schrei los.

„Yeew!“

Sobald der junge Surfer wieder bei der Crew war, wurde er von Umarmungen und küssen überschüttet. Nachdem jeder den Finalisten seine Glückwünsche vermittelt hatte, beschlossen sie noch in eine nahe gelegene Bar feiern zu gehen. Taj putze den anhaftenden Sand vom Board, packte es in die

Tasche und schlendere mit den anderen zur Tequila-Bar. Hier saßen bereits einige andere Surfer und tranken gemütlich im Schatten Cocktails.

„Kommt Leute, setzten wir uns doch hier hin. Selbstverständlich geht die erste Runde auf mich." Verkündete Taj fröhlich.

„Also darf jeder ein Glas Mineralwasser bestellen!" Antwortete Benno, gefolgt von einem abgehackten Lachen. Unbeirrt dessen orderte der Surfer sechs Tequila-Shots, der Kellner brachte umgehend eine hochwertige Flasche und die Gläser, er schenkte jeden das Getränk ein. Kurze Zeit später halte es durch die ganze Bar.

„Cheers! Auf dich, Taj!" Nach dem traditionellen Ritual bestellten sie ein Bier.

„Babe, du solltest aber nicht zu viel trinken, immerhin ist morgen das Finale." Ermahnte Camilla ihm. Ein wenig beleidigt stellt er sein Bier auf den Tisch und nahm einen ausgiebigen Schluck seines Wassers.

Nun konnten sie etwas gemäßigt weiter Feiern. Der DJ drehte die Lautstarke hoch und die Stimmung wurde schlagartig noch besser. Zur gechillten Jazz-Musik orderten sie spontan ein paar fruchtige Cocktails.

„Taj, ich geh auf die Toilette, bin gleich wieder da." Flüsterte Camilla in sein Ohr. Taj nickte, gab ihr einen ausgiebigen Kuss auf die Lippen und wandte sich wieder dem

Gespräch mit Mark zu. Die jungen Erwachsenen leerten rasch das Bier und stießen erneut mit den tropischen Drinks an. Als sich die Gläser berührten, ertönte der freudige Ton von klirrenden Eiswürfeln. Etwas später schwenkte Kyra die kleinen Überreste ihrer Eiswürfel und schaute suchend in die Runde.

„Ey Leute. Wo ist eigentlich Camilla hin verschwunden?" Fragte sie verwundert.

„Die wollte kurz auf die Toilette." Verkündete Taj.

„Wann?" Hackte Kyra ungeduldig nach. Der Surfer warf einen Blick auf seine Uhr und zog die Augenbrauen hoch.

„Shit, hoffentlich ist ihr nichts passiert. Sie ging vor mehr als einer halben Stunde." Sofort stand Kyra auf und eilte zum Damen-WC. Zwei Minute später kehrte sie kopfschüttelnd. Zurück.

„Nichts, ruf sie mal an!" Sagte sie leicht panisch.

Es klingelte fünf Mal, dann ging die Mailbox ran und Taj legte auf. Nun waren die anderen drei hellhörig geworden. Sie standen auf und durchkämmten die Bar auf der Suche nach Camilla.

„Okay Leute, wo könnte sie den hingegangen sein? Jemand eine Idee?" Fragte Mark mit erhobener Stimme. Währenddessen er fragte, wählte sein iPhone bereits die Nummer eines Kollegen auf der Dienststelle.

„Eventuell, dass sie bei der Wettbewerbslocation ist. Vielleicht hat es mit ihrer Niederlage zu tun." Überlegte Raffaela laut. Mit dieser neuen Erkenntnis machten sie sich auf den Weg zum Strand.

„Stopp!" Rief Benno wie aus dem Nichts. „Taj weißt du eigentlich, wer morgen dein Gegner im Finale ist?" Taj überlegte kurz.

„Nah, nicht wirklich. Es ging alles so schnell. Von anderen Surfern hörte ich, er sei ein Einheimischer. Warum?" Benno atmete tief ein, zeigte auf ein Plakat und setzte seinen Verdacht fort.

„Ramirez Estrada. Er ist der einheimische Surfer!"

„Oh mein Gott! Willst du damit andeuten, dass er etwas mit dem Verschwinden von Camilla weiß?" Fragte Kyra verblüfft. Mit zusammengekniffenen Augen schauten die anderen sie an.

„Aber warum? Immerhin haben wir uns doch ausgesprochen." Fragte Mark nach.

„Echt hinterlistig und link!" Sagte Raffaela empört.

„Bing, ... Bing" Taj schaute sofort auf sein Smartphone. Er entsperrte sein iPhone und öffnete die Nachricht.

„Buenos dias, Gringo! Falls es dir noch nicht aufgefallen ist. Deine liebe Freundin ist verschwunden. Warte was? Ja genau, ich habe sie. Du kannst dir jetzt sicher zusammenreimen, was passieren wird. Du verlierst morgen beim Surfen. Gewinnst du oder alarmierst die Federales, wirst du die süße Kleine nie wieder sehen. R.E."

„Mist! Er hat sie tatsächlich. Was machen wir jetzt?" Fragte Taj verzweifelt.

Fünf Sekunden später erhielt er eine weitere Benachrichtigung. Diesmal war es ein Bild. Er tippte, um es herunterzuladen, und zum Vorschein kam Camilla. Gefesselt auf einen Stuhl mit einem Bandana um den Mund gebunden. Im Hintergrund erkannte man nur eine verkalkte Betonwand. Eine weitere Nachricht folgte.

Ramirez: „Ach ja, wir sind nicht mehr in der Villa, also mach dir erst gar nicht die Mühe, sie auf Rambo-Art zu befreien."

Taj drehte sein Telefon und zeigte die Nachricht in der Runde. Mark entfernte sich, um Rücksprache mit seinem Vorgesetzten von seinem Revier zu halten. Später kann er mit einem genervten Gesichtsausdruck zurück und sagte:

„All right. Er hat gesagt, es sei das Beste, wenn wir ihn gewinnen lassen. Mit den Nachrichten hätten sie genug, um ihm hinter Gitter zu bringen. Inklusiver der kompletten Surfgang!"

Taj verlor die Fassung und setzte sich emotionslos auf eine Parkbank.

Hier sind die gängigsten Begriffe für Surfer:

Board: Das Surfbrett, auf dem der Surfer steht.

Welle: Eine brechende Woge, auf der der Surfer reitet.

Swell: Eine kontinuierliche Bewegung der Wasseroberfläche, die von weit entfernten Stürmen erzeugt wird und als Grundlage für Surfbare Wellen dient.

Pointbreak: Eine Art von Surfspot, bei dem eine Welle an einem Punkt bricht und eine lange, fließende Welle erzeugt.

Beachbreak: Eine Art von Surfspot, bei dem die Wellen über einem Sandboden brechen.

Reefbreak: Eine Art von Surfspot, bei dem die Wellen über einem Riff brechen.

Leash: Ein Klettverschlussband, das das Board mit dem Knöchel des Surfers verbindet, um sicherzustellen, dass das Board immer in Reichweite des Surfers bleibt.

Take-off: Der Moment, in dem der Surfer auf das Brett springt und auf der Welle reitet.

Drop-in: Der Moment, in dem der Surfer auf einer Welle reitet, die bereits von einem anderen Surfer angepeilt wird.

Tube: Ein hohler Abschnitt einer Welle, in dem der Surfer sich in einem Rohr befindet, das von der brechenden Welle erzeugt wird.

Cutback: Ein Manöver, bei dem der Surfer seine Richtung ändert, indem er das Board schräg in der Welle dreht.

Floater: Ein Manöver, bei dem der Surfer auf einem flachen Abschnitt der Welle fährt, anstatt durch die Welle zu surfen.

Bottom turn: Ein Manöver, bei dem der Surfer das Board am unteren Ende der Welle wendet, um in die entgegengesetzte Richtung zu fahren.

Re-entry: Ein Manöver, bei dem der Surfer das Board wieder in die Welle lenkt, nachdem er aus einer Tube oder ein anderes Manöver gekommen ist.

Duckdive: Eine Technik, bei der der Surfer unter einer Welle durchtaucht, um auf die andere Seite zu gelangen, ohne von der Welle mitgerissen zu werden.

Zubehörteile, die Surfer verwenden:

Neoprenanzug: Ein wärmender Anzug, der den Surfer vor Kälte schützt und ihm mehr Auftrieb gibt.

Surfwachs: Ein klebriges Wachs, das auf die Oberseite des Boards aufgetragen wird, um dem Surfer besseren Halt zu geben.

Surfbrettbag: Eine Tasche oder Hülle, die das Board schützt, während es transportiert wird.

Flossen: Teile am unteren Ende des Boards, die dem Surfer ermöglichen, die Richtung des Boards zu steuern und besser zu gleiten.

Surfleash: Ein Klettverschlussband, das das Board mit dem Knöchel des Surfers verbindet, um sicherzustellen, dass das Board immer in Reichweite des Surfers bleibt.

Surfhaube: Eine Kappe, die den Kopf des Surfers vor Kälte und Sonne schützt.

Surfhandschuhe: Handschuhe, die den Surfer vor Kälte und Scheuern schützen.

Surfbooties: Schuhe, die den Surfer vor Kälte und scharfen Gegenständen im Wasser schützen.

Boardshorts: Shorts, die speziell für das Surfen entwickelt wurden und dem Surfer mehr Bewegungsfreiheit und Komfort bieten.

Surfbrille: Eine Sonnenbrille, die speziell für das Surfen entwickelt wurde und dem Surfer hilft, seine Augen vor Sonnenstrahlen und Spritzwasser zu schützen.

Begriffe aus der Surfersprache:

Stoked: Begeistert oder aufgeregt sein.

Shaka: Eine Handgeste, die durch das Ausstrecken des kleinen Fingers und des Daumens gebildet wird, die Freundschaft oder Dankbarkeit ausdrückt.

Gnarly: Herausfordernd, gefährlich oder extrem.

Barrel: Ein hohler Abschnitt einer Welle, in dem der Surfer sich in einem Rohr befindet, das von der brechenden Welle erzeugt wird.

Kook: Eine Person, die unerfahren oder unbeholfen im Surfen ist.

Wipeout: Ein Sturz oder eine Niederlage beim Versuch, eine Welle zu surfen.

Hang ten: Ein Manöver, bei dem der Surfer an der Vorderseite des Boards steht und die Zehen über die Vorderkante des Boards hängen lässt.

Grom: Ein junger, aufstrebender Surfer.

Drop-in: Der Moment, in dem der Surfer auf einer Welle reitet, die bereits von einem anderen Surfer angepeilt wird.

Goofyfoot: Ein Surfer, der mit dem rechten Fuß vorne auf dem Board steht.

Regularfoot: Ein Surfer, der mit dem linken Fuß vorne auf dem Board steht.

Paddle out: Das Schwimmen oder Paddeln durch die Wellen, um zur Surfstelle zu gelangen.

Carve: Eine Manöver, bei dem der Surfer das Board schräg in der Welle dreht, um seine Richtung zu ändern.

Inside: Die Innenseite einer brechenden Welle, die in der Regel flacher und kürzer ist als die Außenseite.

Outside: Die Außenseite einer brechenden Welle, die normalerweise größer und kraftvoller ist als die Innenseite.

Ich hoffe, das hilft dir weiter, um die Surfersprache besser zu verstehen!

Moodboard

LIFEGUARD
TOYOTA OFFICIAL VEHICLE SPONSOR

OATMAN
ROCK SHOP

Ben Griessler

Ben Griessler, geboren am 19. September, wuchs in der Nähe von Wäldern, Ruinen, Burgen und einer geschichtsträchtigen Großstadt auf. Er war schon immer auf der Suche nach Abenteuer und Gefahr.

Sein erster Roman (Das spontane Abenteuer) entstand innerhalb eines halben Jahres. Seit Anbeginn seiner Schriftstellerkarriere schreibt, illustriert und vermarktet er seine Bücher größtenteils selbst.

Der Autor will einen frischen Wind in die Literatur bringen. Seine Romane entstehen an den schönsten Orten dieser Welt, welche gleichzeitig dazu anregen jene Welt auch zu erhalten.

Die Philosophie von PAGE19

Natürlich ist ein Buchcover wichtig, ganz ohne Zweifel ist dieses der Grundpfeiler für die eventuelle Kaufentscheidung, jedoch sollte man bevor man das Buch wieder zurück ins Regal stellt, nicht nur den Klappentext oder die ersten zwei Seiten lesen. Manchmal benötigen die guten Dinge ihre Zeit. Ganz egal ob es heranreifendes Obst ist, ein Mensch oder etwas banales wie ein Buch.

Seit Beginn haben wir uns den Werten Umweltschutz, Optimismus und Weltoffenheit verschrieben, deswegen spenden wir pro verkauftes Buch einen gewissen Betrag für diverse Hilfsorganisationen.

Das Unternehmen ist mehr als ein 9-5 Job. Darum ist es uns wichtig, dass jedes neue Projekt auch zu uns und unseren Werten passt. Denn nur so können wir die besten Ergebnisse erzielen und so die Welt ein kleines Stück zu verändern.

VON JEDEM VERKAUFTEN BUCH
WERDEN **25 CENT** FÜR DIE NPO
6PACKCLEANER GESPENDET

www.6packcleaner.org

We were fighting butterflies

Alina Podjaski

Das kleine Bullterriermädchen weiß gar nicht, wie lange es bereits im Tierheim haust und von immer wiederkehrenden Albträumen geplagt wird. Bis es dann eines Tages auf Frau Süß-Sauer trifft, die sie mit nach Hause nimmt, "Avery" tauft und ihr eine neue Chance auf das Leben bietet. Avery beginnt dank ihres Bruders Kian und ihrer neuen Freunde sich immer mehr zu entfalten und aufzublühen.

Aber wie lange hält das Glück tatsächlich an? Und was ist, wenn dich sowohl die Vergangenheit als auch die Zukunft plötzlich von beiden Seiten zu attackieren drohen?

Wait till the Happy End

J. Sophie

Tracy möchte einfach nur ihre Vergangenheit hinter sich lassen und einen Neuanfang starten. Neue Freunde finden, Erfahrungen sammeln und wieder glücklich sein. Aus genau diesen Gründen fliegt sie nach Miami, wo niemand sie und ihr Leben kennt. Doch ihre Vergangenheit holt sie immer wieder ein und sie kann einfach nicht loslassen.

Als Tracy auch noch dem faszinierenden und arroganten Harvey begegnet, erkennt sie etwas in seinen Augen wieder, was ihr ganz und gar nicht gefällt. Ihren eigenen Schmerz.

Können sich die beiden gegenseitig ihrer Vergangenheit stellen und in die Zukunft blicken, oder scheint ein „Happy End" hoffnungslos?

Eine zweite Welt

Alina Podjaski

Merle fühlt sich manchmal, als hätte sich die ganze Welt gegen sie verschworen. Hänseleien in der Schule sind genauso Alltag bei ihr wie die ständig darauffolgende Flucht in den Wald, der sie zu rufen scheint.

Als sie eines Tages nach einem vermurksten Schultag sich erneut dorthin begibt, begegnet sie der ungemein schönen Fee Elfie, die sie mit in ihre zweite Welt nimmt. Eine Welt, in der Fabelwesen existieren und Menschen als ein Irrglaube bekannt sind. Und diese Welt scheint in großer Gefahr zu schweben ...

Wenn Licht und Schatten sich treffen

Elle Wid

Nachdem Julies Vater seinen Job verliert, zieht ihre Familie um. Neue Freunde und neue Schule, das steht nun auf dem Programm. Für die lebensfrohe Julie kein Problem, eher ein Abenteuer.

Zwischen all diesen Eindrücken lernt sie Nathan kennen. Der Einzelgänger der Schule, vor dem alle aus ihr noch unbekannten Gründen Angst zu haben scheinen.

Julie aber ist von ihm wie gefesselt und will unbedingt herausfinden, was er zu verbergen hat. Und auch Nathan kann der Anziehung nicht widerstehen. Zudem sieht er in ihr die Hoffnung, die er seit Langem sucht.

Ein Herz aus Wärme

Alina Podjaski

Als Kayla eines Tages auf Akira trifft, ist sie sofort von ihr fasziniert. Die blauen Augen der jungen Obdachlosen brennen sich direkt in ihr Gedächtnis ein und die Zwei beginnen Zeit miteinander zu verbringen.

Immer wieder merkt Kayla, wie warm es ihr ums Herz wird, wenn sie sich in Akiras Nähe befindet. Und obwohl sie alles versucht, das Leben ihrer neuen Freundin auf der Straße zu erleichtern, erweist sich dies schwieriger als gedacht.

Denn Akira hat eine dunkle Geschichte und Kayla private Probleme, mit denen sie sich rumschlagen muss. Doch zu Weihnachten soll sich alles ändern ...

Since Day One

Isabella Plattner

Joe erinnerte sich an nichts mehr. Nach einer wilden Partynacht wacht sie ohne Erinnerungen an den Abend auf.

Als sie dann bei ihrem alljährlichen Urlaub auf den heißesten Typen der Schule trifft, kann sie es kaum glauben, dass er ihren Namen kennt.

Etwa von der Hausparty?
Warum wurde sie das ungute Gefühl nicht los, dass er ihr etwas von der vergessenen Nacht nicht erzählte?

Neue Buchhandlung

Hartberg, Steiermark

8230 Hartberg, Volksbankplatz 1 1OG

Mehr Infos und Öffnungszeiten unter:

www.page19.eu/store/